Nouvelles ésotériques

Lina GIANSETTI

Nouvelles ésotériques

Recueil de nouvelles

ISBN numérique : 979-10-262-6261-9

EAN papier : 9791026262626

Librinova

Courriel : contact@librinova.com
Internet : www.librinova.com

Toujours à mes côtés

À mon grand-père, Yvan...

(1)

Je regardais la foule se diriger vers le cercueil. Les larmes me montaient et mon cœur allait sortir de ma poitrine. Cela faisait deux ans que je n'avais pas remis les pieds dans ce lieu maudit. Depuis l'inhumation de ma soeur, j'avais refusé de me rendre à Jackson Square. Je fixais maintenant la cathédrale Saint-Louis. Plus que centenaire, l'édifice de style colonial espagnol plongeait dans l'ombre les reporters et les photographes se bousculant sur le parvis dans l'espoir d'obtenir l'angle de vue optimal sur le cercueil et les personnes qui l'entouraient. Cette mystérieuse affaire avait défrayé la chronique. La cathédrale dans laquelle les deux corps avaient été retrouvés à quelques années d'intervalle, celui de ma sœur Cléo, ainsi que celui de ma tante Anne il y a deux semaines. Je suivais le cortège. Je vis le commissaire Khader s'entretenir avec l'évêque Richardson. J'aurais voulu lui demander des renseignements sur l'enquête, mais je me ravisai : il m'avait laissé entendre que je faisais partie des suspects. Il valait donc mieux faire profil bas. Je décidai de quitter le square et de retourner dans la maison de ma sœur pour voir s'il ne restait pas quelques affaires.

...

Je pénétrai dans le salon. Les policiers ayant fait la perquisition avaient tout emporté. Je montai à l'étage : rien. Des pièces vides composaient cette petite maison. De retour dans le vestibule, je levai la tête et aperçus un trou dans le mur, dissimulé par du papier peint orange défraichi et décollé. Une sacrée faute de goût, si vous voulez mon avis.

En la quittant, je vis le commissaire qui attendait près de ma voiture, le nez dans son carnet de notes. M'avait-il suivie ? Il leva la tête de ses dossiers et m'interpella :

— Madame Stephen, que faites-vous ici ?

— J'ai eu envie de flâner dans la maison de ma sœur, mentis-je. Avez-vous de nouvelles informations concernant l'enquête ?

— Oui, c'est pour cela que je suis ici. Elles sont horribles, j'aime autant vous prévenir...

— C'est au sujet du meurtrier ?

— Non, ce sont les résultats de l'autopsie.

— Qu'y a-t-il ?

— Eh bien, votre tante a... Enfin, elle a subi quelques... Comment dire ?

— Allez-y. J'ai le cœur bien accroché.

— De multiples meurtrissures sont visibles sur l'ensemble de son corps.

— Quel genre de meurtrissures ?

— Des coups de hache ont pu être identifiés, ainsi que des cisaillements aux genoux. Je crains que l'assassin n'ait tenté de sectionner ses nerfs et ses tendons avant d'arracher la chair de ses coudes.

Je sentis le sol se dérober sous mes pieds, mais tins bon :

— Madame Stephen, est-ce que ça va ?

— Oui, ça va. Je suis juste un peu surprise, car lors de l'autopsie de ma soeur, la même description avait été faite.

— C'est exact, mais l'affaire avait été classée sans suite par manque de preuves...

— Et si les deux meurtres étaient liés ?

— C'est une éventualité, madame Stephen. Je voulais vous dire que votre alibi a été confirmé. Vous ne faites donc plus partie des suspects. Je dois à présent me retirer car j'ai rendez-vous avec la procureure, je vous tiens au courant de l'avancée de l'enquête. À bientôt.

J'étais à la fois énervée et triste, le meurtre de ma sœur était resté impuni à l'époque, faute de preuve et de suspect. Hors de question que cela ne se reproduise pour ma tante !

...

Je m'étais assoupie devant la télévision quand un bruit en provenance de l'étage me réveilla. Je tendis l'oreille. *Toc, toc, toc...* On frappait sur le sol. Je montai à pas feutrés et me laissai guider par le bruit jusqu'à la chambre. La porte était close. Je saisis la poignée et l'ouvris lentement. Le bruit cessa. Je pénétrai alors dans la pièce et m'assis sur le lit. Une voix surgie de nulle part se fit entendre.

Sauve moi... Sauve moi...

Je frissonnai : avais-je bien entendu ? J'écoutai à nouveau, mais plus aucun son ne se manifesta. Etaient-ce des hallucinations ? Toute cette histoire me portait sur les nerfs... J'étais fatiguée, je m'allongeai et sombrai dans un profond sommeil...

À peine avais-je fermé les yeux qu'une image me vint à l'esprit. Celle de la cathédrale Saint-Louis située dans le Vieux Carré à la Nouvelle-Orléans. L'allée bordée de petits arbres était assez bien entretenue. La grande horloge sur la façade se dessinait à mesure que je m'en approchais. Je contournai la fontaine et me retrouvai face à la vieille porte. Elle s'ouvrit automatiquement, comme s'ouvrent les portes des supermarchés. À l'intérieur de la cathédrale, les bancs étaient alignés et des drapeaux étaient placés le long des murs.

Je marchai jusqu'à l'autel quand les bougies sur celui-ci s'illuminèrent brusquement. Deux statues semblaient me fixer aux extrémités des colonnades. Je détournai le regard. Un souffle d'air glacial en provenance du plafond me fit frissonner. Je levai les yeux : une peinture de Jésus avec ses apôtres le couvrait d'un bout à l'autre de la nef. J'étais comme hypnotisée. Un chuchotement presque inaudible attira mon attention.

C'est ici... Aide-moi...

Toujours cette même voix.

Les flammes des bougies dansaient, tandis qu'une douce musique envahissait la salle. D'où venait-elle ? Elle m'était familière...

Nous sommes unies...
Rien ne pourra nous séparer.
Viens ici,
Et trouve le meurtrier...

Ces paroles me réveillèrent en sursaut, des gouttes de sueur perlaient sur mon front. Le réveil indiquait 6h48. Je me levai et enfilai mes chaussons.

Je me souvins du rêve, ce rêve inhabituel. Je décidai de me rendre au poste de police afin d'obtenir une confirmation d'un indice en étroite concordance avec cette musique familière.

...

Des officiers en surveillaient l'entrée. Je les saluai d'un geste de la main et entrai dans le bâtiment. Par chance, le commissaire était en train de discuter avec un collègue. Il me vit et engagea la conversation :

— Bonjour, je ne m'attendais pas à vous revoir de sitôt.

— Bonjour, j'aimerais vous faire part d'un éventuel indice dont j'ai pris conscience cette nuit.

— Un indice ? Eh bien, suivez-moi dans mon bureau, nous y serons plus tranquilles.

Après lui avoir décrit cette musique, le commissaire Khader, perplexe, décida tout de même d'effectuer des recherches sur un éventuel enregistrement similaire à cette mélodie. Je remarquai alors un dossier posé à terre près de sa chaise.

— Puis-je avoir un verre d'eau, s'il-vous-plaît ? Demandai-je. Il fait vraiment chaud ici. Je meurs de soif.

En bon gentleman, le commissaire se leva et sortit. J'en profitais aussitôt pour m'emparer du dossier : on y trouvait des photos de Cléo. Je les examinai avec attention. Sur l'une d'elles, un gros plan de son épaule tailladée jusqu'à l'os. Cela m'écœura. Les notes indiquaient : *entailles profondes correspondant à des coups de hache, celles-ci ont une épaisseur d'environ quatre centimètres.* D'autres photos de ses affaires personnelles étaient entremêlées dans les pages du dossier. Je les découvrais les unes après les autres et l'une d'elles représentait une mini caméra grise et noire, or Cléo n'en avait jamais possédé. J'entendis des pas, je remettais tout en place et la porte s'ouvrit, le commissaire Khader me tendit un verre. Je le remerciai et continuai à lui parler normalement sans mentionner la caméra.

...

Installée au Café du Monde, je repensais aux événements qui avaient suivi la mort de ma tante Anne. Il y avait eu cette visite, celle des policiers chargés de m'annoncer son décès, puis la perquisition à son domicile, l'autopsie et quelques jours après, l'enterrement... Je me rappelai du cadre qui était resté dans sa chambre, le seul objet que les policiers n'avaient pas emporté.

Ce banal tableau, sûrement chiné chez un antiquaire dans la rue Royal Street, était accroché de travers, et représentait un coucher de soleil avec des palmiers, un ciel et une petite étoile noire. Drôle d'étoile d'ailleurs !

Je me sentis soudain envahie par la mélancolie et j'eus envie de retourner à son domicile. Ce que je fis.

Le tableau n'avait pas bougé, il pendait toujours au-dessus de la commode vide. Je le décrochai. De petits fils électriques sortaient de l'arrière de celui-ci, le reliant au mur. Je les arrachai d'un coup sec, et ce qui ressemblait à une étoile noire se décrocha pour tomber à terre. Je la ramassai et pensai qu'elle n'avait rien à faire ici. Il s'agissait d'une petite caméra. Qui l'avait installée là ? Je ne comprenais pas comment j'avais pu ignorer sa présence. Depuis combien de temps était-elle installée ? Je n'en savais rien, mais ce que je savais, c'était qu'elle n'était pas là par hasard. Une première caméra chez Cléo, puis celle-ci chez Anne. Je décidai de l'emporter pour faire des recherches sur sa provenance. Je réussirai peut-être à remonter jusqu'à l'acheteur... et ainsi découvrir l'assassin...

...

Avec une certaine appréhension, j'allumais mon ordinateur en espérant trouver des informations liées à la marque de caméras *Scled.* Le modèle *SpyCam 126* était disponible uniquement par commande sur internet et activable à distance via un smartphone. Pour obtenir des renseignements, je composai le numéro affiché en bas de la page :

— Bonjour, je suis Chrys, vous êtes bien chez *Scled*, que puis-je faire pour vous ? répondit une voix féminine.

— J'aimerais savoir si vous pouviez me renseigner sur une caméra en particulier : la mini caméra *SpyCam 126*, s'il-vous-plaît ? Dis-je poliment.

— Oui bien sûr.

— Je voudrais savoir si elle utilise une application.

— En effet, elle possède sa propre application à télécharger sur votre portable.

— Qui peut y avoir accès ?

— Seulement la personne à qui elle appartient. Ces caméras sont toutes différentes et il vous faut donc, au préalable, entrer la référence de la vôtre pour l'utiliser.

— Quel est le nom de cette application ?

— Elle porte le nom de la marque.

— Depuis combien de temps est-elle en vente ?

— Cela va faire environ trois ans. Pourquoi cette question ?

— Pour rien. Je me demandais juste si beaucoup de personnes l'avaient testée.

— C'est l'un de nos produits les plus appréciés, madame, je peux vous l'assurer. Tous nos clients en sont satisfaits.

— Alors, c'est parfait. Merci beaucoup, au revoir.

Cela pouvait fonctionner, pensais-je en raccrochant.

Dès que j'eus installé l'application, j'inscrivis la référence et je pus apercevoir sur mon smartphone la pièce dans laquelle j'étais. Au bout de cinq minutes d'utilisation, on me demanda de publier un commentaire pour continuer. La liste des utilisateurs par ville apparaissait. Je parcourais celle-ci : New-York, Phoenix, La Nouvelle-Orléans, voilà... Je m'arrêtai. J'étais sur la bonne voie, mais impossible de découvrir le nom de son propriétaire, il y en avait trop. Il fallait que je tente de recouper avec le contenu de l'autre caméra...

...

Cette nuit-là, je sentis quelque chose me griffer, mais lorsque j'ouvris les yeux et que j'allumai la lampe de chevet, il n'y avait rien. Sauf une goutte de sang qui coulait le long de mon bras.

Nous sommes unies...

Rien ne pourra nous séparer...

Cette mélodie entêtante se glissa une nouvelle fois dans mon oreille. Lassée, je me levai et m'habillai. J'avais besoin de prendre l'air. Je sortis et marchai jusqu'au Café du Monde. Je m'installai quand une main me saisit l'épaule : au bout de cette main, il y avait Cody, mon meilleur ami. Je fus si surprise de le voir que je faillis choir de ma chaise. Cela faisait plus d'un an que nous ne nous étions pas revus : sa société avait été transférée en Ecosse. Il était tout sourire, ses cheveux blonds lui retombaient devant le visage, ce qui lui donnait un côté mystérieux assez sexy, au moins autant que ses yeux d'un vert opale. Sa chemise noire était boutonnée une fois sur deux et son jeans couvrait ses baskets. Il avait toujours eu ce look un peu rétro.

Nous avons pris un verre et commencé à nous raconter nos vies :

— Je me suis rapproché de la Nouvelle-Orléans où il y a toute ma famille. En Ecosse, l'ambiance de vie ne m'a pas plu. M'expliqua-t-il.

— Tu vas rester dans le coin ?

— Non, dans deux semaines je rejoins New-York pour signer un contrat. En attendant, je me promène un peu et passe du bon temps.

— Je suis contente de te revoir en tout cas. Lui avouais-je.

— Moi aussi, et toi ? Quoi de neuf ?

— Ma vie est sûrement plus compliquée que la tienne : après ma sœur, je viens de perdre ma tante il y a deux semaines...

— Je te présente mes plus sincères condoléances...

— ... Et puis, il y a autre chose, la nuit je fais toujours ce même rêve, accompagné de cette même musique. C'est assez terrifiant, mais je pense que quelqu'un vient dans ma chambre, mais tout cela me paraît surréaliste !

Je me confiais à lui en toute sincérité. À la fin de cette discussion, il me conseilla de placer la mini caméra dans ma chambre puis de regarder les images le lendemain pour être fixée. Rêve ou réalité, je le découvrirai.

Je pris congé de lui et lui promis de le tenir au courant.

...

J'installai la caméra de sorte que son œil couvre l'entièreté de la pièce, puis je m'allongeai sur mon lit et fermai les yeux, espérant trouver le sommeil rapidement. Il me fallait récupérer par ailleurs la caméra de Cléo au poste de police pour en découvrir davantage.

Je n'eus pas à attendre très longtemps pour être embarquée dans un rêve des plus insolites. Cette fois, je survolais la cathédrale paisiblement. Une musique lancinante m'accompagnait : la même. Toujours la même...

...

Je me réveillai avec une seule idée en tête : visionner les images de la caméra. On y voyait très clairement le lit, le mobilier et moi en train de gesticuler dans tous les sens pour trouver LA position idéale pour dormir. Il y avait plus de huit heures de vidéo : j'accélérai. Je cherchais un détail susceptible de m'intéresser lorsque j'aperçus quelque chose. Je stoppai. Une lueur blanche se tenait immobile près du lit, éclairant une partie de la pièce. De mes mains tremblantes, j'attrapais mon portable et contactai Cody.

Il sonna à ma porte une demi-heure plus tard. Je ne perdis pas de temps et lui montrai cette lumière. Il se montra d'abord étonné puis inquiet. Cette réaction ne me laissait rien présager de bon. Doucement, il me conseilla de prendre rendez-vous chez un médium. Il y avait véritablement quelque chose. Mais quoi ? Je n'avais jamais cru à ce genre de chose et j'avais peur de l'inconnu.

Tout se bousculait dans ma tête, j'avais réussi à reconstruire ma vie, une vie paisible et maintenant tout recommençait. Je le regardais dans les yeux, les larmes roulaient sur mes joues :

— Adelina, calme-toi. Nous en saurons plus si tu en parles à un médium, mais pour le moment il est inutile de se faire peur. Me rassura-t-il.

— Oui, tu as raison...

La note sous la photo d'Anne dans le dossier au commissariat me revint en tête :

— Des coups de hache...

Il me regarda, sans comprendre :

— Ma tante a subi des coups de hache de quatre centimètres de profondeur. Personne ne l'a retrouvée. Elle est peut-être restée dans la cathédrale !

— Je ne pense pas, l'arme de crime ne se trouve que rarement sur le lieu de celui-ci. En revanche, que tu me parles de hache me fait penser aux corps retrouvés dans l'été 1997 sur les rives du Mississippi.

— Où exactement ?

— En face du Riverfront Park. Des touristes avaient aperçu trois corps le long de la berge. En les repêchant, l'inspecteur chargé de l'enquête avait déclaré qu'ils étaient morts noyés, mais ils avaient reçu des coups. Des coups de couteaux, je crois.

— Comment le sais-tu ?

— À l'époque, mon père était officier de police à la Second District Station. Je l'avais entendu en parler avec ma mère.

— Ils l'ont mis en prison ? Demandai-je.

— Le tueur ? Non, c'était un suicide en groupe.

Il me quitta et je restais un moment assise dans le canapé. Suicide groupé ? Ils se seraient assénés des coups de couteaux pour ensuite se jeter dans le fleuve ? Je n'y croyais pas. Je décidai de faire un petit tour du côté de la

New Orleans Public Library pour accéder aux archives.

…

En entrant dans la bibliothèque, je repensais à la caméra de Cléo, je feuilletai des livres sur le spiritisme et la métempsycose. J'étais intriguée par tous ces sujets devenus tabous.

Il y avait le Museum of Death à Hollywood et je n'avais jamais eu l'occasion de le visiter. Je reposais ces livres et oubliais cette pensée macabre.

Je me rendis à l'étage des archives et demandais à une employée si je pouvais les consulter. Elle me précisa que seules les enquêtes devenues publiques ou les journaux pouvaient l'être. Elle m'invita à m'installer sur un ordinateur et me laissa. Je cliquais sur le premier fichier dans lequel je pouvais voir la Une de chaque journal. Je remarquais, interloquée, que tous les trois ou quatre ans environ des disparitions avaient été signalées. Celles de 1997 paraissaient avec les circonstances de découvertes. La plupart du temps, les corps n'avaient pas été retrouvés. En mars 2006, le cadavre d'un homme d'une vingtaine d'années avait été découvert dans la forêt Couturie. Avril 2015, ma sœur retrouvée dans la cathédrale. J'éteignais l'ordinateur, je ne me sentais plus en sécurité. Qui était cette créature qui hantait la Nouvelle-Orléans ? Serait-ce une malédiction ? Le seul indice permettant de dévoiler la vérité était la caméra restée au poste de police : les vidéos n'avaient peut-être pas été toutes effacées.

…

Dans mon lit, je comptais à présent les moutons : un, deux, trois, quatre, cinq, six... dix, onze...

Quand le sommeil vint enfin, je fus projetée dans un horrible cauchemar. Je me trouvais dans la forêt, un chapelet autour du cou. La Lune m'éclairait et les ombres dansaient parmi les arbres. Une brise légère s'engouffrait dans mes cheveux. Des bruits de pas vinrent à mon oreille. Une silhouette, de petite taille mais assez large s'avança vers moi. Prise de panique, je détournai le regard et ne vis, effrayée, que l'ombre de son bras s'abattre sur moi, une hachette à la main...

Je me réveillai en sursaut, des gouttes de sueur inondaient mon front. L'oreiller était trempé ! Je me levai pour ouvrir la fenêtre et respirai de grandes bouffées d'air frais.

Le climat du pays est de type subtropical humide, les journées sont chaudes et le soleil tape en permanence. Les nuits sont un peu moins éprouvantes, un faible vent souffle en direction de ma chambre. Pour moi, c'est un climat parfait.

Je levai la tête et admirai les étoiles. Je n'avais pas à avoir peur, j'étais chez moi et rien ne pouvait m'arriver...

...

Le lendemain, je décidai de me rendre à nouveau au poste de police. Je saluai les officiers et patientai sur le petit canapé.

Le commissaire Khader m'invita encore une fois dans son bureau :

— Du nouveau ?

— Asseyez-vous, je voudrais vous parler du dossier de Cléo. Les recherches ont bien avancé et je peux vous assurer que les deux meurtres ne sont pas liés.

— Comment expliquez-vous la similitude des autopsies, de l'endroit dans lequel les corps ont été retrouvés et le même objet dans chacune des maisons ?

— De quel objet parlez-vous ?

— La mini caméra. (Je me rendis compte de ma révélation, embarrassée)

— Mes collègues l'ont trouvée au domicile de votre sœur, comment êtes-vous au courant ?

— J'ai retrouvé la même dans la chambre de ma tante ! m'indignai-je, comment avaient-ils pu passer à côté d'un tel indice ?

— Où est-elle ?

— Chez moi, il n'y avait aucune vidéo enregistrée sur la carte mémoire, alors je m'en suis servie.

— Ces éléments ne peuvent pas constituer un indice pour l'enquête.

— Pourquoi ? Je pensais que l'assassin avait pu les espionner avant de les tuer.

— Et bien non, ce type de caméra sert uniquement à surveiller les habitations pendant les absences.

Je tombai de haut. Pourquoi ne m'en avaient-elles jamais parlé ? Elles étaient souvent en déplacement et je ne les voyais qu'une fois tous les deux mois. Etions-nous aussi proches que dans mes souvenirs ? Oui, je ne pouvais pas remettre tout en question. Je n'avais plus la force de continuer. Il fallait que je me remette au travail, cela me changerait les idées. J'avais été serveuse au Antoine's Restaurant et j'étais au chômage depuis la mort de Cléo. Je décidai de me présenter à nouveau pour ce travail.

(2)

Je n'avais que onze ans lorsque c'est arrivé. À cet instant, ma vie a basculé et les folies les plus sombres me hantaient jour et nuit. Je suis né à l'Hospital Charity en 1962. J'ai vécu dans une petite maison avec mes parents. J'avais passé toutes ces années dans la joie et l'amour. Notre famille vivait dans la pauvreté mais ma mère travaillait dur pour subvenir à nos besoins. Mon père aussi travaillait mais je l'aidais souvent à ramasser les récoltes. Il s'asseyait sur la grosse pierre du champ et me regardait me salir les mains tout en vidant sa bouteille. Après, il devenait tout rouge et chantait joyeusement sans que je ne puisse comprendre ses paroles qui n'étaient que borborygmes.

Un jour, je lui ai demandé :

— Papa, pourquoi es-tu tout rouge ? Est-ce la chaleur ?

Il a éclaté de rire et m'a répondu que c'était à cause de sa bouteille. Il l'a prise dans sa main gauche, à hauteur de ses yeux et l'a insultée. Mon regard était fixé sur lui, abasourdi. Il s'était énervé, ce jour-là et depuis je ne l'ai plus jamais embêté sur ses rougeurs.

L'année suivante, ma mère est partie. Non, elle n'a pas déménagé, elle n'est pas partie non plus en vacances. Elle est morte. Une simple et banale crise cardiaque dans son fauteuil, un dimanche après-midi. Une douleur inimaginable m'avait saisi.

Mon père versa toutes les larmes de son corps et ne prit pas la peine de me réconforter ou de m'expliquer les choses. Il s'était assis à ses côtés, sa main dans la sienne et moi en face d'eux. Les larmes coulaient alors que je venais de réaliser son décès. Il la prit dans ses bras et la monta à l'étage avant de la déposer sur le matelas qui faisait office de lit. Il m'ordonna de retourner dans ma chambre pour pleurer. Ce que je fis. La douleur de mon cœur s'apaisa après m'être raisonné. J'aimais ma mère et elle m'aimait, et ce, jusqu'à jamais. Sa mort ne devait donc pas être un frein mais une continuité.

Mes oreilles se dressèrent quand je l'entendis hurler, enfin plutôt crier ou gémir car ses sons étaient étouffés. Je quittais ma chambre pour rejoindre la sienne, il n'avait pas pris la peine de refermer complètement la porte. Mes yeux plongèrent dans l'entrebâillement et je vis l'incompréhensible pour un gamin de onze ans. Il me regarda de son regard blafard, le couteau de cuisine à la main, planté dans l'oeil du cadavre nu. Il avait disposé minutieusement les membres sur le sol. Son regard se détourna, sa main enleva le couteau et il lécha la lame. Le dégoût monta en moi, je me retenais de dégurgiter. Devant mon visage pâle, il me conseilla de descendre à la cuisine et de mettre de l'eau à chauffer...

(3)

J'avais été retenue : le manque de personnel était criant au Antoine's. Je commencerai donc la semaine suivante. Voilà un peu de positif dans ma vie. J'appelai mon ami pour le lui annoncer :

— Cody ?

— Oui ?

— J'ai été réembauchée au Antoine's Restaurant !

— Super ! Je suis sûr que ça va te remettre d'aplomb !

— J'ai repensé à l'histoire de la vidéo, du médium...

— Tu vas prendre rendez-vous ?

— Je ne suis pas sûre que ce soit une bonne idée...

— Je sais que tout est dur en ce moment pour toi mais pour avancer il te faut du courage et surtout la vérité.

— Tu as sans doute raison, soupirai-je. Je le contacterai.

— Tiens-moi au courant. Pour te changer les idées, je voulais te proposer de venir faire un escape game, tu es partante ?

— Bien sûr ! Nous allons *Au fil du dédale* ?

— Oui, demain à 14 h, ça te va ?

— Pas de problème ! Tu connais le scénario ?

— Sache que je ne l'ai pas choisi : c'était la dernière salle non réservée. Nous serons membres de l'équipe scientifique, l'histoire s'intitule : Meurtre à La Nouvelle-Orléans.

— Oh, on reste dans la thématique !

— Tout à fait. Je dois te laisser, à demain !

— Super, à demain.

J'étais ravie, j'allais profiter de ce moment. Depuis que nous nous étions croisés, nous ne nous lâchons plus ! C'était très agréable de repartager ces moments-là avec un ami. Je n'oubliais cependant pas la promesse que je lui avais faite et que j'espérais ne pas regretter !

Le soir même, armée de courage, je pris un rendez-vous pour le surlendemain.

À présent, j'avais besoin de repos pour profiter de mon activité avec Cody.

Coordination et réflexion seront mises à l'épreuve !

...

Notre petite escapade m'a fait beaucoup de bien. Cela m'a permis pendant quelques heures d'oublier cette enquête qui me met à cran.

Pour finir la journée, Cody m'invita à boire un café.

Sa maison de location était petite mais la véranda lui permettait de profiter du soleil.

Nous nous installions dans le canapé. Je fus surprise par la grandeur du salon, des cadres encombraient les murs. Une croix chrétienne pendait par un clou en haut de la tapisserie fleurie.

Après plusieurs minutes, son portable sonna et il sortit un instant. Je portai les tasses dans l'évier de la cuisine et entendis la conversation :

— Quand est-ce que tu peux me donner l'argent ? Elle s'en est aperçue ! Demain... Dix-huit heures devant le cimetière Saint-Louis. Ok.

Je fis mine de laver la vaisselle lorsqu'il revint dans la pièce :

— Rien de grave ? M'inquiétai-je.

— Non, juste ma sœur. Laisse, ne t'inquiète pas. Dit-il en me regardant nettoyer les tasses.

— Comment va-t-elle ?

— Heu... Bien. Répondit-il avec un sourire forcé.

Je lui rendis son sourire et rentrai à la maison. Je commençai à avoir des doutes...

(4)

Je l'entendis descendre les marches de l'escalier. Tremblant de tout mon être, je me tenais assis sur la chaise de la cuisine. Mon père s'assit en face de moi et entama ce discours qui est gravé dans ma mémoire pour toujours :

— Mon fils, je sais ce que tu ressens : de la peur. As-tu peur de moi ?

— N-n-non papa.

— Et bien tu as raison. Je vais t'expliquer une chose mon garçon, tu ne dois jamais avoir peur de l'inconnu. Ce que tu as vu est normal. Tu sais bien que j'aimais ta mère et que je l'aime toujours ?

— Oui... papa.

Il déposa sur la table une bassine remplie de viscères, de chairs et d'organes découpés. Il avait bien entendu jeté les os. Il m'expliqua qu'il fallait découper le corps en petits morceaux pour que la cuisson ne dure pas des heures et qu'elle soit parfaite.

Toute l'horreur que j'avais ressentie avait disparu. Dans ma famille, le festin en l'honneur des morts était un rituel sacré. Depuis mon plus jeune âge, j'avais dégusté les viandes les plus tendres. En fait, je n'avais jamais eu l'occasion de voir la préparation du corps et c'était pour cela que j'avais été surpris et dégoûté. À présent, mon apprentissage était plus riche grâce à mon père. Le cannibalisme pourtant interdit par la loi, ne l'était pas à mes yeux. La normalité des faits était évidente pour moi tant je me régalais de son corps. Pourtant le désir et l'attirance fanatique envers les cadavres ne faisaient que grandir et s'apparentaient, pour mon père, à des gestes d'amour.

(5)

J'étais partie en avance. Dans quelques minutes, j'allais faire face à un médium. J'étais anxieuse.

La salle d'attente était spacieuse, une odeur de vieux cuir flottait dans la pièce. La lumière tamisée ajoutait à cet endroit une atmosphère pesante. La porte s'ouvrit et un homme de grande taille se présenta à moi. Il était chauve avec les yeux verts et une moustache grise, il devait avoir la cinquantaine.

Il me reçut dans son bureau et s'installa face à moi :

— Je vous présente mes plus sincères condoléances.

— Merci. Répondis-je, surprise.

— Je suppose que vous êtes venue pour obtenir quelques réponses au sujet de votre sœur Cléo et de votre tante Anne, n'est-ce pas ?

— Oui. (Il possède vraiment un don !)

— Je sens que tout cela vous pèse et que vous aimeriez comprendre certaines choses, commencez par me raconter leur mort tragique.

— Ma tante a été retrouvée morte dans la cathédrale Saint-Louis. Ses tendons ont été cisaillés et ses membres arrachés. Son dos comportait de multiples entailles causées par des coups de hache. Ma sœur a été découverte avec les mêmes meurtrissures et ecchymoses. La similitude des blessures me laisse penser à un même mode opératoire venant du meurtrier. La nuit, j'entends des paroles, une chanson qui m'est familière et qui me revient souvent. J'ai donc installé une caméra dans ma chambre qui a pu révéler une lumière blanche qui apparaissait lors de mon sommeil. Je vous ai apporté la vidéo pour que vous en preniez connaissance. Tenez.

Il m'avait écoutée attentivement et il regardait

maintenant l'étrange lumière. Il la fixa puis se tourna vers moi :

— Ce n'est pas une lumière. Il y a peu de personnes à qui ce genre de phénomène peut se révéler.

— Qu'est-ce que c'est ? demandai-je, épouvantée.

— La question serait plutôt « qui est-ce? ». En l'occurrence, il s'agit d'un esprit.

— Mais qui est-ce ? Quel esprit ?

— Je ne sais pas, il peut être de votre famille ou inconnu. Je ne peux pas vous en dire davantage sur son identité, mais je ressens que cet esprit veut prendre contact avec moi. Il faut que je me rende chez vous pour l'écouter.

— Oui. Venez demain si vous le pouvez.

— Laissez-moi jeter un coup d'œil à mon agenda... Vers seize heures ?

— D'accord, c'est noté.

Je n'arrivais plus à penser, devais-je téléphoner à Cody ? Je n'en étais plus si sûre, pourtant, c'était lui qui m'avait conseillée de prendre rendez-vous. Je décidai d'attendre le lendemain.

...

Cette nuit-là, un orage se déchaîna. Les rues demeurèrent humides et désertes jusqu'au milieu de la matinée. Pour ma part, je me préparais à l'arrivée du médium en rangeant et nettoyant ma maison. Je me demandais aussi si tout cela avait un sens. J'avais toujours pensé que ces personnes n'étaient que des charlatans. Mais, aujourd'hui, je voulais y croire. Croire à la véracité de ses propos, un esprit et à une seconde vie après la mort.

Il faut sans doute être mort pour comprendre et découvrir l'au-delà. J'espérais retrouver un jour mes proches. Mais que serait la vie sans doute, sans incertitude ?

Une vie où chacun aurait réponse à tout, sans aucun mystère...

La sonnerie de la porte d'entrée me sortit de mes songeries. J'ouvris et le médium entra dans le salon :

— C'est très joli ici, depuis combien de temps y vivez-vous ?

— J'ai acheté cette maison il y a dix ans.

— Avez-vous connu les anciens propriétaires ?

— C'était un couple de retraités, ils sont partis s'installer au Mexique, je crois. Je les ai rencontrés lors de ma première visite. Le reste s'est fait via un notaire.

— Je vois. Je peux voir la chambre s'il-vous-plaît ?

— Venez, je vous en prie, c'est à l'étage.

Nous montâmes les escaliers et arrivâmes dans la chambre.

— Vous fermez toujours la porte à clef? demanda le médium.

— Oui, il ne faut pas ?

— Peu importe. De toute façon, l'esprit ne s'arrête pas à ce genre de choses.

— Pourquoi est-il venu ?

— Je ne sais pas, il veut peut-être vous transmettre un message, mais il ne sait comment s'y prendre. Vous dites que c'est depuis la mort de votre sœur qu'il se passe des choses étranges ?

— Oui.

— Je ne vais pas vous mentir : je pense que cette personne n'est pas votre sœur, mais qu'elle a été chargée de vous transmettre quelque chose.

— Ma sœur le lui a demandé ?

— C'est possible. Je ressens une présence féminine. Je pense que c'est la même que j'avais perçue dans mon bureau.

— Comment faire pour savoir ?

— Laissez-moi me concentrer... Je perçois un message : *Misereatur nostri omnipotens Deus...*

— Je ne comprends pas sa signification ! C'est du latin ?

— Oui, y aurait-il un lien avec le lieu qui apparaît dans vos rêves ?

— La cathédrale ? Je ne sais pas.

— Vous y êtes retournée depuis ?

— Non.

— Seriez-vous capable d'y entrer ?

— Je crois, oui. Même si je ne suis pas rassurée, je veux bien tenter l'expérience.

— Très bien, vous me recontacterez quand vous y serez allée. En attendant, je vous conseille de "nettoyer" votre maison avec de l'encens Pontifical, du Benjoin Blanc, et des bougies avant de vous coucher. N'oubliez pas de les éteindre.

— Très bien, merci.

— À bientôt !

— Au revoir. Et encore merci !

En fermant la porte derrière lui, je jetai un coup d'œil à mon horloge murale : 17h40. Il fallait me dépêcher pour ne pas rater le mystérieux rendez-vous de Cody...

(6)

Une âme damnée, comme celle d'Anne, peut communiquer par différents moyens avec les vivants. Les messages que l'on reçoit peuvent nous amener à aider le défunt à atteindre la lumière. Cléo n'a pas tenté de se battre pour que l'on retrouve son meurtrier, elle n'en avait plus la force, après ce à quoi elle avait assisté. Elle a cédé sa place à moi, Anne.

Après ma mort, je me suis retrouvée dans un espace-temps différent. Je pouvais à présent voir mon corps vu d'en haut et les autres personnes. Je me voyais donc, par terre, sur le ventre avec sa hache enfoncée dans le dos. Je ne ressentais plus aucune douleur. Je vis sa main arracher l'arme avec une immense folie. Une folie meurtrière. Il me laissa là, comme une vulgaire peau de bête. J'étais un peu perdue dans mes pensées avec une seule certitude, la certitude d'être bel et bien morte. Le scénario se répétait : cet homme allait tuer toute ma famille. Au loin, au-dessus de ma tête, un point blanc est apparu et je me suis sentie attirée vers l'inconnu, en dehors de ce monde bien trop vivant pour moi. J'avais l'impression de voler et je me sentais merveilleusement bien. Une douceur effleurait ma peau blanche qui faisait disparaître mon corps pour que mon esprit continue à vivre. J'avançais jusqu'à cette lumière quand l'homme revint et s'empara de mon cadavre resté au sol. Il s'était débarrassé des preuves et de l'arme du crime. Une colère m'envahit ainsi qu'un sentiment de vengeance. Je n'avais pas tout perdu, il me restait ma nièce Adelina, ce qui pouvait tout changer. J'abandonnais avec force cette lumière et ce sentiment de bien-être pour rester entre les deux mondes, tout en sachant que ce choix était irrévocable et que j'étais condamnée à ne pas pouvoir goûter au plaisir de revoir mes proches disparus mais aussi au bonheur éternel. Je redescendis donc pour admirer ce monde sadique et cynique.

(7)

Je le trouvai devant le cimetière, il semblait attendre quelqu'un. Je me cachai derrière un arbre. Peu de temps après, un homme se présenta à lui et ils commencèrent à engager une conversation. Je percevais quelques mots. Il était question d'une somme d'argent qu'il devait récupérer. L'homme ne cédait pas et commençait à s'emporter. Cody haussa le ton et le diffamait. Je vis l'individu lui asséner un coup violent sur le visage. Je ne pouvais rien faire alors je commençai à regarder autour de moi pour trouver de l'aide. Les coups et les insultes se faisaient plus vifs. Lorsqu'au loin, j'aperçus deux silhouettes qui se rapprochaient d'eux à grands pas. Terrifiée, j'essayais de me rendre invisible quand l'une des deux se précipita sur mon ami et l'immobilisa. Je reconnus à cet instant l'uniforme des policiers. L'agresseur de Cody fuyait dans ma direction, poursuivi par l'autre policier. Celui-ci plaqua au sol le fuyard à quelques mètres de moi. J'en profitais pour déguerpir à toutes jambes lorsque Cody lança dans ma direction un regard furtif...

(8)

Il s'appelait Ali Khader et travaillait comme commissaire depuis vingt ans, il avait de petites habitudes, notamment il mangeait à heures fixes tous les jours de la semaine. Parfois il quittait son bureau pour aller dans un fast-food mais il rapportait la plupart du temps son déjeuner préparé par ses soins la veille. Une salade césar avec beaucoup, beaucoup de parmesan ou encore un sandwich au beurre de cacahuète. Ses collègues ne le dérangeaient jamais lors de sa pause car il aimait le silence qui l'amenait à réfléchir sur certains points des enquêtes qu'il devait résoudre. Il était justement attablé à son bureau lorsqu'il reçut un appel de la procureure. Sa dernière bouchée avalée, il décrocha :

— Bonjour, commissaire.

— Bonjour Madame la procureure, que me vaut le plaisir de cet appel ?

— Je voudrais vous parler de l'affaire Stephen, où en êtes-vous ?

— Les recherches avancent… répondit-il d'un ton neutre.

— Je l'espère bien car mon supérieur voudrait boucler cette affaire pour enquêter sur la disparition de deux jeunes enfants.

— Je vais faire tout mon possible madame.

— Il veut vous confier ce dossier sans tarder donc rédigez votre rapport le plus vite possible sinon, il confiera cette affaire à un autre commissaire. S'exclama-t-elle autoritairement.

— Je comprends mais je ne souhaite pas perdre cette enquête. Je m'en suis chargé personnellement et me suis beaucoup investi.

— Ce sont les ordres, Commissaire, il ne reviendra pas sur sa décision.

— Qui sont les disparus ?

— Deux garçons de huit et dix ans. Mikel se rendait à un anniversaire et ses parents l'ont déposé au bout de la rue : personne ne l'a revu depuis trois jours. Le deuxième, Sam, jouait au foot dans son jardin : son père l'avait appelé pour le dîner mais il n'est jamais venu.

— Bien. Je vous tiens au courant de l'avancée de l'enquête. Sachez que je fais tout pour retrouver l'assassin d'Anne Stephen.

— Je n'en doute pas. Au revoir Commissaire.

— Au revoir Madame la procureure.

Il garda en main le téléphone pendant quelques secondes qui parurent quelques heures puis il enfouit son visage entre ses mains. Cette fois il n'avait pas le droit à l'erreur mais surtout pas le droit de rêvasser et de se reposer. L'état dans lequel on avait retrouvé le corps de cette femme l'avait bouleversé et il voulait coincer le sadique qui l'avait mutilé. Il en faisait une affaire personnelle...

...

Couvert de contusions, Cody vint me voir chez moi après sa garde à vue. Je n'osais pas lui poser des questions sur ce qui lui était arrivé. Savait-il que je l'avais espionné ? J'avais honte. Je n'aurais jamais dû entendre sa conversation au téléphone et je n'aurais jamais dû me rendre sur le lieu du rendez-vous sans lui en parler. Mais il fallait que je sache, c'était plus fort que moi. Je pris une gorgée d'eau, puis me lançai :

— Cody, c'était qui l'homme qui était avec toi, devant le cimetière ?

— Un ami.

— Qu'as-tu dit à la police ?

— Cela faisait quelque temps que nous étions en rivalité sur une affaire de coeur...

— Ils t'ont cru ?
— Oui, Lorenzo leur a confirmé.
— Pourquoi il t'a frappé ?
— Pourquoi toutes ces questions ?
— Je veux juste comprendre, c'est tout...
— La vérité est qu'il avait besoin d'argent, je lui en ai prêté, mais ce n'était pas le mien.
— Je vois... C'est l'argent de qui ?
— Ma sœur...
— Tu as volé de l'argent à ta propre sœur et elle ne s'en est pas aperçue !
— Si... Elle veut que je lui rende, mais je n'ai plus un sou...
— Je pensais que ton travail te rapportait gros !
— Adelina, je n'ai plus de travail... Le contrat que je devais signer à New-York... Il vient d'être annulé. Dans la foulée, mon patron m'a licencié.
— Combien tu lui as prêté ?
— Cinq mille euros...
— Ce Lorenzo, qui est-ce ? Il est fiable ?
— On travaillait ensemble, en Ecosse. Un jour, j'ai commis une faute grave, mais au lieu de me dénoncer, je lui ai fait porter le chapeau et il s'est fait virer. Alors il m'a fait chanter...
— Pourquoi tu ne m'en as pas parlé plus tôt ?
— Je ne voulais pas t'embêter avec mes histoires...
— J'ai peut-être une idée, tu pourrais travailler avec moi au Antoine's Restaurant ! Il manque un serveur et ils te prendront tout de suite, moi, je commence dans deux jours !
— Pourquoi pas... C'est toujours mieux que rien. Merci pour ton soutien.
— C'est moi qui te remercie, car tu m'as convaincue d'aller voir un médium et je l'ai fait, il est venu à la maison et a ressenti une présence. Maintenant, il veut que j'aille à la cathédrale.

— Tu m'avais dit qu'une voix t'en parlait, c'est ça ?
— Oui, et je vois ce lieu dans mes rêves. Quelqu'un me pousse à y aller...
— Bon courage !
Je restai encore un moment assise dans le divan après son départ. Je fixais le mur devant moi, perdue dans mes pensées. L'image de la cathédrale dansait devant mes yeux. Oui, il fallait que j'y retourne.

(9)

Il déposa mon corps meurtri sur une table d'opération. De l'impuissance montait en moi. En détournant le regard, je découvris des dizaines de dépouilles d'où sortait un miasme horrible. Je ne parvenais pas à me situer, toutes ces âmes errantes m'empêchaient de m'élever plus haut. Elles hurlaient à s'en décrocher la mâchoire même si celle-ci ne bougeait pas. Ce chahut ne semblait nullement perturber notre bourreau. Une paire de ciseaux dans la main gauche et un sécateur dans l'autre, il découpa la chair de mon coude. Des lambeaux de peau tombaient tandis qu'il tentait en vain de dépecer mon bras. Il tirait doucement et lentement sur la peau de mon avant-bras qui se retourna, fit apparaître mes veines et mes os puis se déchira. Ses narines vinrent se délecter du sang partiellement frais qui coulait et formait une marre sanguinolente sur la table. La force de mon esprit chuta et je compris pourquoi Cléo avait préféré partir dans un autre monde pour ne pas avoir à subir cette torture mentale.

Un sentiment d'oppression s'abattit sur moi, les murs tâchés de sang et autres substances putrides se rapprochaient dangereusement, ce qui ne fit qu'agrandir mon mal-être. De ses doigts, il tira sur les tendons du coude. Mon bras pendait misérablement. Mes vêtements entièrement déchirés laissaient apparaître une peau verdâtre sur laquelle les veines noires semblaient vouloir sortir de la peau. Ce démon tout droit sorti de l'Enfer se délectait de sa puissance. Combien de temps dura ce supplice avant que mon cadavre, à chaleur ambiante, ne se décompose ? Un, deux, trois jours ? Assez de temps pour combler les désirs corporels de cet homme impénitent.

(10)

Quelques touristes prenaient la cathédrale en photo lorsque je m'y glissai furtivement. Elle était immense. Il n'y avait personne à l'intérieur. Comme dans mon rêve, je m'approchai de l'autel. La flamme des cierges donnait à l'endroit une atmosphère lugubre.

Soudain, un souffle d'air froid me chatouilla le dos.

Je fixai à présent les cierges, les flammes ne bougeaient pas.

Puis, l'une d'elles trembla vivement.

Mon cœur se serra, je fis quelques pas dans sa direction et à ce moment je perçus un courant d'air sur mes chevilles. Je baissai la tête et fixai le tapis rouge qui recouvrait le sol et les trois marches menant à l'autel. Les mains tremblantes, je soulevais celui-ci. Apparut alors une trappe. D'autres marches descendaient vers un lieu obscur. Je saisis mon portable et éclairai le chemin.

Je progressais la peur au ventre : me voilà dans les catacombes. La lumière de mon portable cherchait contre les murs. Je trébuchai. Mon Dieu ! Terrassée, je découvris avec horreur le plus immonde des spectacles.

J'eus un haut-le-cœur. Un cadavre dépecé pendait au mur. Au plafond, une enfant crucifiée était scalpée, une autre était éviscérée. Mon regard se posa ensuite sur mes pieds : des membres entremêlés gisaient à terre. À cet instant, une ombre mouvante se dessina et je perçus une voix prononçant le mot *Deus*. Des bruits de pas se rapprochaient. Epouvantée, je m'enfuyais en courant de cet endroit, haletante, je passais entre les rangées des bancs de la cathédrale lorsque, soudain une musique envoûtante provenant de l'orgue se mit à résonner. À cet instant, je me retournai et vis l'homme d'Eglise devant moi. Il s'arrêta puis mes yeux le virent se soulever dans les airs. La mélodie se faisait crescendo, couvrant ses hurlements, il monta alors de plus en plus haut en tournoyant tel un pantin désarticulé jusqu'au toit de l'édifice. Ensuite, la mélodie s'arrêta brusquement et le corps de l'évêque chuta subitement et vint s'empaler sur la croix du Christ sur l'autel.

Je restai pétrifiée devant cette scène, mes yeux purent se détourner du corps sanguinolent et raide pour regarder en direction de l'orgue. Personne ne s'y trouvait, du moins je ne voyais personne. Serait-ce ma sœur et ma tante qui m'ont sauvée ? Je ne le saurai sans doute jamais.

Sortant de cet antre maudit, je me dirigeai vers le poste de police pour m'entretenir avec le commissaire Khader.

Après lui avoir relaté mon aventure en oubliant volontairement quelques détails, celui-ci ayant avancé dans l'affaire m'expliqua qu'il avait fait le rapprochement entre un orphelin marqué par une sombre histoire de famille relatée par les médias. On parlait d'actes de cannibalisme à l'époque, et cet enfant aurait d'ailleurs été placé dans une famille d'accueil très croyante.

À présent tout s'expliquait. L'évêque Richardson était cet enfant tourmenté. Ce lien entre l'Eglise et le démon avait fait de lui un être malfaisant.

…

Dans mon canapé, l'esprit occupé par toute cette histoire, je me remémorais les bons moments passés avec ma sœur et ma tante lorsque je vis une photo glisser d'un cadre posé sur le buffet : sur celle-ci, nous étions toutes les trois : Cléo, Anne et moi…

Bourreau intemporel

À tous les torturés ...

(1)

1er Juin 2019, 20h15

Elle courait à en perdre le souffle, toujours plus vite et toujours avec cette peur qui grandissait au fur et à mesure qu'elle s'enfonçait dans cette forêt dense. Son cœur martelait sa poitrine et les épines s'enfonçaient dans ses pieds nus. Une branche la surprit, ses genoux claquèrent sur le sol ne sachant comment échapper à ce funeste destin. Des pas retentirent derrière elle tandis qu'elle s'empressait de se remettre debout. Les larmes lui brouillaient la vue, elle glissa et ne parvint plus à se relever. Son bourreau apparut muni des chaînes qu'elle avait sectionnées auparavant. Il les agita devant elle et lui ordonna de se lever. Elle n'y arrivait pas, des points de côté surgirent et elle se plia en deux. Il leva alors le bras et jeta les liens sur elle à plusieurs reprises. Sa peau était bleuie, les larmes cessèrent tant la violence des coups lui coupait le souffle. Il saisit son bras et la ramena à l'intérieur de sa prison.

Elle pensait y retourner mais c'est dans une toute autre pièce qu'elle s'est retrouvée, entre instruments et cadavres…

…

(2)

1er Juin 2019, 16h

Elle était tranquillement chez elle comme tous ces samedis à créer des objets pour son salon lorsque la sonnette retentit. Elle ouvrit la porte et trouva son voisin d'en face sur son palier :

— Salut Tessy, voici ce que tu m'avais demandé.

— Merci, je vais pouvoir terminer la lampe de chevet en métal que j'avais commencée hier. Entre, je t'en prie, tu veux un café ? Lui proposa-t-elle, souriante.

— Merci mais je dois filer, j'ai encore du travail. Répondit-il poliment.

Il s'éloigna et elle referma la porte pour se concentrer sur cette lampe. Elle saisit l'objet qui ressemblait davantage à une lampe torche qu'à un laser.

Son voisin s'appelle Mike et il est soudeur. Comme elle, il est passionné de bricolage et entasse des breloques chinées dans des brocantes. Sa femme, Myler, est peintre ce qui fait beaucoup de choses accumulées dans leur petit T2.

La pièce découpée, elle l'assembla au pied rond en bois de la lampe.

…

(3)

1er Juin 2019, 18h

La salle dans laquelle elle était enfermée sentait la putréfaction et les rongeurs se faisaient plus nombreux. Il n'y avait aucune fenêtre mais deux portes se tenaient devant elle. L'une était en face d'elle et c'était par celle-ci, que son ravisseur l'avait faite entrer dans cette prison, l'autre était à droite et fermée par un gros verrou. Elle tentait de bouger mais les chaînes la maintenaient au sol et contre le mur. Ses pieds étaient nus mais son sweat-shirt était toujours sur elle. Dans sa poche, sa main frôla un objet, qui lui était jusqu'à présent sorti de la tête. Elle le saisit et brisa ses liens. Des pas résonnèrent et elle comprit qu'il venait la chercher. Elle fixait à présent le verrou et dirigeait son laser sur celui-ci, il céda. L'outil vibra et elle comprit que la batterie était à plat. Les pas se rapprochaient, elle jeta le laser dans un coin de la pièce et se rua à l'intérieur de la nouvelle salle. Par chance, l'unique fenêtre n'était pas verrouillée et elle s'échappa. Elle entendit l'homme hurler et se lancer à sa poursuite...

...

(4)

1er Juin 2019, 16h30

Elle posait sa lampe sur sa table de chevet et admirait le résultat. Sa créativité était sans faille. Des coups à la porte lui firent abandonner ses pensées. Mike devait sans doute avoir besoin du laser, elle le prit et ouvrit.

Face à elle, un homme grand, vêtu de gris arborait un étrange sourire. Instinctivement, elle fourra l'objet dans la poche de son sweat-shirt et regarda cet inconnu. Il lui fit signe de reculer afin de lui laisser la place d'entrer. Impressionnée, elle recula :

— Bonjour, que puis-je faire pour vous ?

Il la toisa du regard mais ne dit rien. Sa main vint alors se plaquer contre sa bouche, prise de panique, elle leva son genou et frappa dans son ventre. Elle sortit précipitamment de son appartement et rejoignit la cage d'escalier. Il la suivait à la trace et après la descente d'un étage, elle bifurqua et atteignit l'ascenseur. Les portes se refermèrent juste avant qu'il n'arrive. Elle sentit l'ascenseur descendre jusqu'au rez-de-chaussée et les portes s'ouvrirent. Soudain, elle vit sa silhouette devant elle et se rua sur le bouton du dernier étage pour l'éviter. Son cœur se serra quand les portes s'ouvrirent à nouveau et qu'il se tenait toujours devant elle. Sa main actionna le bouton du deuxième étage et ce fut le même échec.

Comment pouvait-il être aussi rapide ?

Elle tenta de le piéger et remonta d'un étage pour redescendre au rez-de-chaussée. Même constat. Il l'attendait, il était maintenant proche d'elle et bloqua les portes avant qu'elles ne se referment. Elle hurlait dans cet endroit qui l'oppressait. Sa vue se brouilla soudainement et elle perdit connaissance...

...

(5)

Début Avril 1452

Le roi avait demandé à me voir. Je me hâtais de nettoyer les restes de chairs et le sang. Je fis un peu de place, pensant pouvoir y accueillir un nouveau bijou de torture, mais c'était pour une toute autre raison qu'il m'avait convoqué :

— Bonjour, Votre Majesté.
— Te voilà enfin, je veux te faire part d'une chose agaçante et qui me tient à cœur de régler comme je suis un bon roi. N'est-ce pas ?
— Bien sûr...
— Ce matin, mon bon vieux messager m'annonça une nouvelle fulgurante. Il y aurait, me dit-il, deux sorcières qui logent dans mon pays. Il te faut me les livrer.
— Je ferai tout le nécessaire, dans quel comté vivent-elles, mon Roi ?
— Ces femmes du Diable sont dans le Comté de Satirion.

Après ce bref discours, le roi nous envoyâmes, ses soldats et moi dans ce lieu maudit. Nous avions comme ordre de les capturer et de les ramener vivantes au château.

...

Les alcines se terraient dans une cabane en chaume, au fond de la forêt de Calia. Nous entrâmes et ne trouvâmes qu'une pécheresse, celle-ci niait et son amie resta introuvable.

De retour au château, le roi me donna carte blanche pour connaître son identité et celle de sa complice. Un soldat, qui avait minutieusement fouillé son lieu de vie, me porta une sorte de grimoire qui relatait l'histoire d'une légende. La légende d'*Inotep*...

C'était une fillette, souffrante, elle s'appelait Inotep et restait alitée tous les jours, toutes les semaines, tous les mois et toutes les années de sa pénible vie. Certains, disaient même qu'elle ne savait pas marcher, ni parler. La maladie la rongeait et sa famille déprimait de la voir dans cet état. Un jour, une bonne sœur passa devant sa maison et s'y arrêta, pour prier au chevet de la jeune fille.

Les jours passèrent et son état se dégradait, alors, ne supportant plus la vue de cette maladie qui rongeait, affaiblissait leur fille, ses parents la firent interner au couvent. Une nuit, tandis qu'elle priait silencieusement, elle s'écroula, inconsciente. Les religieuses, la croyant morte, la firent enterrer dans le cimetière attenant à l'église Sainte Calia. Ses parents furent bouleversés et n'arrivèrent pas à se résoudre à la mort de la petite. Son père décida de mettre une cloche reliée à une ficelle au-dessus de la tombe. Si Inotep était en vie, elle tirerait sur la ficelle pour alerter les passants.

Peu de temps après, l'église prit feu et fut reconstruite à plusieurs dizaines de kilomètres. Les parents moururent de chagrin et on raconte qu'un paysan, qui passait par là, aurait entendu la cloche retentir. Tous crurent à des hallucinations. Pourtant, si l'on s'approche suffisamment de la tombe, on peut entendre des murmures, et une cloche tinter...

La légende ne s'arrêta pas là pour autant :

L'enfant hanterait l'esprit de quiconque entendrait la cloche. De ce fait, plusieurs personnes crurent voir la petite, la bouche noire cousue et les yeux révulsés, pleurant dans un coin d'une chambre, du sang. On a même retrouvé, bien après les faits, la bonne sœur qui veillait sur Inotep pendue dans sa chambre, au couvent. Celle-ci ne supportait plus les gémissements sourds et la vision de la jeune fille livide, ses pas lourds sur le sol de la chambre. Bien sûr, personne d'autre ne vit cette étrange apparition…

Après cette lecture, je me tournais vers cette femme en lui désignant le grimoire :

— Quelles sottises sont-elles écrites ? Es-tu la femme du Diable ?
— Vous ne comprendrez pas tant que vous n'aurez pas vu sa tombe…
— Que veux-tu me faire croire, sorcière !

Je l'empoignai violemment et l'allongeai sur une roue en bois. Les membres liés, je saisis le bâton :

— Où se cache donc ta complice ?
— Je suis seule, seule à prier pour le Salut de la petite.
— Tu n'es pas un disciple de Dieu, tu incantes les démons avec tes rituels pour voler le pouvoir au Roi !

Je frappai son bras et l'os se broya. Une marque noire se dessina : une veine était touchée. Elle poussa des cris aigus et commença à prier :

— Mon Père, vous qui êtes aux cieux…
— Que fais-tu, sorcière ?
— Je prie.
— Pourquoi pries-tu ?
— Pour la paix des deux mondes et pour son Salut.
— Cette enfant n'a jamais existé, c'est une légende !
— Inotep…

Je la vis fixer un point derrière moi, je me retournais. Elle murmurait à présent et semblait s'adresser à l'invisible :

— À qui parles-tu, folle ?
— Je ne suis pas folle : un jour, je suis allée me recueillir sur sa tombe et je l'ai entendue, depuis je la vois et prie

pour que la Lumière lui apparaisse... c'est mon devoir de l'aider, comme je l'ai fait avec ses parents.

— Qui es-tu ?

— Son ange.

Mon bâton vint frapper plus fort cette fois et fit exploser son genou. Ses énigmes commençaient à me lasser :

— Ton vrai nom, sorcière ou je te fais mourir !

— Adélaïde Serto. Prononça-t-elle en hurlant.

Je partis rejoindre le roi pour lui faire part de mes découvertes. Sa réaction me surprit, il m'ordonna de la tuer et jeta le livre au feu. Celui-ci se consuma rapidement et il n'en resta que les cendres. La pendaison aura lieu le lendemain matin au centre de la place principale de la ville.

...

Les arbres calcinés entouraient l'ancien cimetière. Je m'approchais et aperçus enfin ladite tombe. Je me penchais pour lire les inscriptions encore lisibles : *Inotep Serto. 1422-142...* Le dernier chiffre avait disparu. Je fixais le nom de famille, Adélaïde faisait donc partie de la famille.

Je sentis une présence et un souffle glacial me parcourut le cou. *Ding ding ding...*

La cloche vibrait, je me retournais mais il n'y avait que des arbres.

Je quittai cet endroit qui était désert et qui avait sûrement inspiré les personnes imaginant cette légende. Avant de repartir, j'aperçus une silhouette me regardant avec un rictus en coin :

— Qui es-tu ?

— Ma cousine suit sa famille...

Elle disparut soudainement et un frisson me parcourut l'échine...

...

(6)

Personne ne lui avait annoncé la terrible sanction et cela m'arrangeait bien.

Je voulais éclaircir quelques points :

— Te voilà, Adélaïde Serto, mère d'Inotep Serto...

Elle leva la tête, toujours accrochée sur la roue :

— Adélaïde Serto, tante d'Inotep Serto ! Corrigea-t-elle.

— Bien sûr ! Ses parents sont morts... n'es-tu point mariée ?

— Non, je suis libre !

— Plus maintenant. Lui fis-je remarquer.

— Vous la voyez ? Me demanda-t-elle en me désignant du regard le coin du mur.

Je tournai la tête et une fillette se dressa devant moi. Sa peau était déchirée à quelques endroits, ses doigts étaient maigres, ses yeux révulsés, du sang sur les joues et la bouche cousue. Le bâton toujours en main, je l'abattis sur Inotep mais il se brisa contre le mur :

— Que m'as-tu fait, sorcière, m'aurais-tu hypnotisé ? Hurlais-je.

— Priez, priez pour qu'elle retrouve ses parents, de l'autre côté...

— Ma cousine suit sa famille... Soufflais-je.

À ses mots, Adélaïde convulsa et la petite s'envola. Les traits de son visage changèrent ainsi que sa voix. Elle blasphéma puis sombra, inconsciente...

...

(7)

La foule s'étendait à perte de vue. J'attendais patiemment la condamnée, au pied de l'échelle. La sorcière arrivait et criait des prières. On l'aida à monter sur la chaise et je lui passai la corde au cou. J'attendais le signal. La foule était silencieuse et se préparait au clou du spectacle. On récita ses actes, ceux que j'avais écrits un peu plus tôt, le roi m'avait laissé ajouter des crimes à ma guise, mais la pratique du wicca suffisait à la rendre coupable.

La fin approchait et la tension monta dans les regards de chacun. Le signal retentit, j'enlevai la chaise d'un coup et l'on entendit le craquement des vertèbres. La victime dégurgitait du sang et son visage devint bleu. Elle se raidit, ses yeux révulsèrent et elle rendit son dernier souffle.

…

(8)

Je dormais paisiblement quand un son rauque vint se glisser dans mon oreille. J'ouvris les yeux et la fillette pleura. Ses gémissements devenaient insupportables :

— Tu es morte, tes parents sont morts, ta tante est morte et même la religieuse est morte ! Rejoins-les, luciférienne !

Aucune réaction de sa part. Les hallucinations prenaient le dessus et les cauchemars hantèrent ma nuit.

…

(9)

J'étais assis sur la tombe, je scrutais les environs afin d'apercevoir l'étrange femme qui avait prononcé les paroles qui me hantent désormais.

Inotep suit sa famille... Je tournai dans tous les sens, d'où provenait cette voix ? *Ding Ding Ding...* Je discernais enfin une ombre :

— Toute sa famille est morte. Criais-je.

— En es-tu sûr ?

Son rire était diabolique, j'avais peur de la chose qui se tenait en face de moi, pourtant il fallait en finir :

— Qui es-tu ? Sa cousine ? Hasardais-je.

— Tu n'aurais pas dû tuer ma mère...

— Les sorcières ne méritent que ça !

Elle sortit enfin de l'ombre et me fit face. Ses cheveux ternes recouvraient la moitié de son visage et des griffures parcouraient ses bras et son cou :

— Si la justice existait, tu n'aurais pas eu à tuer ma mère ! S'énerva-t-elle.

— Conte-moi ton histoire afin que je t'épargne !

— Inotep n'est pas morte, son âme cherche à vivre comme elle aurait dû le faire... Cette maladie l'a affaiblie mais on lui a volé sa vie ! L'Eglise l'a enterrée alors qu'elle respirait encore...

— Comment le sais-tu ?

— Elle vit à travers moi. Sa présence sera à jamais ancrée dans la chair de notre famille.

Ce fut ses derniers mots et elle s'échappa, mais j'étais plus rapide et lui assénai une pierre sur le crâne. Son dernier souffle était arrivé. Pour plus de précaution mon bras s'abaissa afin de la décapiter.

Cette histoire touchait donc à sa fin. Je pouvais enfin vivre sereinement, sans peur d'être réveillé par un fantôme. Mais à cet instant, la tête juchée sur le sol roula en signe de défiance...

(10)

Les nuits passèrent, les apparitions persistaient et j'avais de plus en plus de mal à m'accommoder à celles-ci. La réalité était là : Inotep ne partirait jamais.

Des plaintes sourdes s'élevaient, j'ouvris les yeux pour la énième fois et je la découvris, reniflant l'air, accroupie sur le sol devant mon lit. Je me redressai, énervé et tentai de la saisir par le bras mais à mon contact, elle disparut.

J'étais affligé de ne pas pouvoir me débarrasser de cette enfant comme je l'avais fait avec tant d'autres : c'était mon métier et je n'étais même pas capable de l'exterminer. Combien de membres de la famille étaient encore en vie ? La vengeance monta en moi, je voulais en finir. Je me dirigeais vers la porte, un seul endroit pouvait me révéler la solution finale...

...

(11)

Je fouillais à présent chaque recoin en saccageant tout sur mon passage. La haine décupla mes forces et ma réflexion. Un meuble attira mon attention, rien à l'intérieur, je le poussais et réussis à le faire basculer. Entre celui-ci et le mur de la maison des sorcières, se trouvait un interstice. Je passais ma main dedans et touchai du bout des doigts une tranche de livre. Je la fis glisser et pris en main un grimoire vert. Je l'ouvris et feuilletai les différentes légendes inscrites. Une m'interpella : *Le voyage dans le temps de l'Oncle satanique.* Je lis à haute voix cette histoire :

— Au fin fond du puits de la forêt de Calia, une créature du Diable vivait entre présent et futur afin de savourer le Mal qu'elle causait. Cet être maléfique était capable de punir les humains à travers les temps. Ses méfaits le nourrissant et quiconque s'aventurait à le rencontrer en devenait sa proie.

Seul un pacte avec lui pouvait servir une cause propre à une personne.

Je sortis de la maison le livre en main et levai la tête : la Lune brillait. Je savais, à présent, pertinemment ce qu'il me restait à faire.

…

Je marchais inlassablement en prenant soin d'écouter le moindre bruit. Soudain, un craquement retentit. Je me retournais brusquement et vis la branche d'un arbre à terre. Je repris mon chemin angoissé mais déterminé avec cette soif de vengeance.

J'aperçus une sorte de petit puits et je fus déçu : il n'était pas très profond. J'attendis tout de même quelques minutes mais rien ne se passa.

J'étais dépité. Après tout, les légendes sont des légendes et non des faits réels. Un voyage dans le temps ! C'était une idée assez saugrenue ! Je rebroussais chemin quand un nouveau craquement retentit, je me retournais : une branche tombait. Je pressais le pas pour retourner au château.

À la lisière de la forêt, une ombre passa devant moi à vive allure puis me fit face.

Je pus discerner la forme de cette étrange créature lorsqu'elle fut éclairée par la Lune. Elle était hideuse : un imposant goître couvrait son cou, ses yeux injectés de sang me fixaient et son sourire démoniaque laissait apparaître quelques dents noires. Sa langue bifide pourlécha ses lèvres ensanglantées :

— Serait-ce toi qui ose me déranger en cette nuit idéale ? Susurra-t-elle.
— J'ai grand besoin de tes services.
— Je t'aiderai si tu te livres à moi... Ricana-t-elle.
— Je pourrai te donner du spectacle et de la nourriture...

Ses yeux devinrent noirs et elle hurla :

— Que souhaites-tu ?
— Je voudrais voyager dans le futur pour retrouver une personne ne méritant pas la vie.
— Voudrais-tu la tuer ? Dit-elle joyeusement.
— Pour sûr ! Et je te l'offrirai quand le massacre sera terminé. M'exclamai-je avec sérieux.

Elle hocha la tête et me répondit :

— Je suis le suppôt de Satan et tu es mon cousin de cœur. Qui es-tu en réalité ?

— Un bourreau, le bourreau du roi. Déclarais-je.

Il me fit signe de le suivre, une confiance s'était installée. Nous arrivâmes au pied d'un immense chêne et il invoqua dans une langue démoniaque le Seigneur des Ténèbres.

...

(12)

Fin Mai 1512

Elle me regardait de ses yeux suppliants. J'étais heureux de l'avoir enfin trouvée. Le corps de son mari l'attendait depuis plusieurs jours. L'empalement avait réjoui le démon. Allongée sur la table, la petite fille d'Adélaïde allait à son tour mourir.

Je glissais l'entonnoir profondément dans sa bouche puis déversais l'eau à l'intérieur, son ventre gonflait tandis que son souffle se coupait. Sa peau se tendait et se déchira d'un seul coup, envoyant boyaux et viscères sur les murs. L'eau coula avec de petits morceaux de chairs. Je m'approchais du trou béant et arrachais le reste avec mes mains. Un morceau dur attira mon attention, cela ressemblait à du cartilage. Je compris immédiatement, le sourire aux lèvres : elle était enceinte !

La créature ne fit qu'une bouchée du corps ouvert et de celui déjà embroché. Un bruit sourd vint agresser mon oreille, Inotep était de retour. Je me décomposais en comprenant bien sûr qu'il restait un enfant, quelque part, de la famille Serto. Même éloigné, il fallait l'exterminer. Je repris mes recherches avec l'aide de mon acolyte et je découvris que la sœur du fœtus mort vivait encore.

…

(13)

Janvier 1550

Je fis d'une pierre deux coups : je retrouvai le mari de la génération suivante et le frère de celui-ci. Par sûreté, je décidai d'éliminer les deux pour qu'Inotep ne se rattache à l'un d'eux, même si je ne pus mettre la main sur la femme de cette génération.

J'attachai le mari sur une table en bois et préparai la manivelle intestinale. À l'aide d'un couteau, j'incisai l'abdomen jusqu'à ce que mes doigts puissent y entrer et saisir l'intestin grêle. Le supplicié hurlait de douleur, pourtant je n'avais encore rien fait, et se débattait comme un sauvage. J'accrochai le morceau au crochet relié à la manivelle et commençai à tourner doucement, tel un poulet rôti, tirant viscères et boyaux de son ventre. Des mètres et des mètres s'enroulaient et le sang éclaboussait le sol déjà bien souillé. Sa torture dura plusieurs minutes, jusqu'au gros intestin où la douleur aura eu raison de lui.

…

Après avoir nettoyé la table, il ne restait plus rien. Le frère du mari attaché par des cordes aux quatre membres, je commençai, à l'aide de ma bonne vieille manivelle utilisée précédemment, à enrouler les cordes. Les bras s'étendaient, les jambes s'étiraient, les os craquaient et le torturé criait à Dieu de lui abréger ses souffrances. Et peut-être que Celui-ci l'entendit car les tendons cédèrent puis ce fut au tour de la chair. Le corps démembré finit dans l'estomac de mon complice.

…

(14)

Août 2017

Toutes ces histoires devinrent au fur et à mesure des obsessions jusqu'au jour où ma satisfaction allait être comblée. Après avoir fait disparaître plusieurs générations, je dénichai le père et la mère de la dernière génération, celle d'une femme bientôt orpheline.

Son père me donna du fil à retordre et blasphémait toutes les secondes. Ses réactions m'inspirèrent fortement, je choisis rapidement l'instrument. L'heureux élu était la Poire du Pape ! Je lui plaçai dans la bouche et desserrais petit à petit la vis, les mâchoires s'écartaient. Mes yeux se posèrent sur le couteau que j'avais laissé par terre. Je le saisis et entaillais la peau de ses mains pour le dépecer. Je terminai avec un assaisonnement au sel. La pitié m'envahit et j'écourtai sa vie en desserrant d'un seul coup la vis de la Poire : la gorge, la chair et les os éclatèrent.

...

Sa femme était belle, d'une beauté parfaite. Les traits de son visage étaient fins et symétriques. Ses yeux opales mettaient en avant son regard perçant. Ses cheveux blonds mi-longs couvraient ses épaules. Mon plaisir s'intensifia. Deux aiguilles à la main, je perçais ses yeux qui devinrent un liquide poisseux mélangé au sang des vaisseaux touchés. Je pris sa main belle et fragile tandis qu'elle hurlait à la mort. Mon broyeur de pouce fit le reste et l'os s'aplatit, complètement écrasé. La peau pendait toujours au bout de son pouce ce qui m'arracha un sourire. Une idée encore plus folle me vint à l'esprit pour l'achever. Mes trois objets préférés combinés en un seul : une vis rouillée, un collier en fer et une manivelle.

Je la tournais et la strangulation commença. Cette femme devint d'abord bleue tant la pression exercée était forte, puis un filet de sang émergea de sa gorge. Le souffle coupé, elle céda.

…

(15)

2 Juin 2019, 20h40

Elle le regardait toujours avec plus d'insistance. Deux cadavres en état avancé de décomposition se tenaient près d'elle et elle ne pouvait plus respirer. Il l'allongea de force sur une table maculée de parties humaines. Il se pencha près de son oreille :

— Tessy, ne salues-tu point tes géniteurs ? Questionna le bourreau.

Elle ne put répondre et il rit sarcastiquement. Des liens la maintenaient fermement et aucun mouvement ne lui était accordé. Un rat fut déposé sur son ventre par l'homme qui se tenait en face d'elle. L'animal fut emprisonné dans une cage ressemblant à une demi-sphère. Le haut de celle-ci formait une coupelle dans laquelle le tortionnaire fit du feu. Le rat, se sentant en danger, commença à ronger le corps. Ses crocs et ses griffes coupaient les tripes pour parvenir à s'éloigner de la chaleur ardente. Un grand et profond trou fut creusé, le rat disparut dans le dos de la victime.

…

(16)

Février 1454

De retour, mon âme s'apaisa car Inotep n'était plus. Seul le vent fit tinter la cloche de sa tombe, seul le vent, rien que le vent...

Depuis ma collaboration avec le disciple de Satan, je ne faisais que rajeunir. Un autre destin s'offrait à présent à moi, celui de serviteur immortel du Mal mais également celui de bourreau des temps modernes...

Le jeu du Démon

À ma grande sœur, Laura...

Mes parents me l'avaient annoncé le jour même : la fête foraine était enfin installée à Annecy ! Depuis tout petit, je m'y rends avec mes parents, c'est devenu une tradition et je ne manquerais pour rien au monde cette fête annuelle.

Nous avons pris la voiture et je suis monté sur le siège arrière. Durant tout le trajet, je prévoyais déjà quelles attractions j'allais faire ! L'année précédente, j'avais fait tellement de tour de "chenille" que j'étais devenu tout pâle et j'ai bien cru que mon cœur allait exploser. Mon père a garé la voiture et nous sommes allés à pied jusqu'à la place des Romains. Les cris et les rires étaient assourdissants. Une longue file d'attente se dessinait devant les stands de barbes à papa et de churros. Je la contournais et arrivais devant la plus grande attraction, la plus prisée et la plus horrifiante de toutes : le train fantôme.

Des squelettes animés se penchaient sur la file d'attente. Au passage, des toiles d'araignées venaient caresser nos joues en nous procurant de petits frissons. De la bouche du vampire situé en haut de l'attraction sortait un crissement qui présageait une ambiance morbide. Des nuages de fumée venaient masquer les wagons.

J'étais tellement excité, le regard de mes parents me refroidit aussitôt : ils ne m'accompagneront pas. Décidé à m'amuser, je montai dans le dernier wagon en attendant de disparaître dans le noir. J'étais seul. Mon embarcation pivota dans un crissement sinistre, des araignées phosphorescentes bougeaient dans cette pénombre. J'eus soudain très chaud comme une pizza dans un four à bois. J'enlevai ma veste et continuais ma visite. Un vampire aux dents tranchantes me regarda de ses yeux rouge sang et poussa un hurlement perçant. Une porte s'ouvrit devant moi et un bras articulé vint effleurer ma jambe, j'eus soudain très peur, je regardais le bras s'éloigner : il était très réaliste. Le wagon s'arrêta net.

La pièce était plongée dans le noir total. Les lumières se rallumèrent et m'éblouirent. Ma vision était floue et je ne vis pas la chose qui me prit par le cou, l'étreinte se serra et je sombrai.

...

Lorsque mes yeux s'ouvrirent, j'étais dans une grande salle éclairée par un petit lustre. Je regardai autour de moi, ma veste était restée dans le wagon qui s'éloignait. Je voulus le rattraper mais mes jambes ne m'obéissaient plus. Une boule me serrait la gorge et je n'arrivai à émettre aucun son. C'est alors que je vis une silhouette apparaître dans un coin de la pièce. Elle était terrifiante, ses yeux étaient sombres et elle semblait flotter au-dessus du sol. De longs cheveux cachaient une partie de son visage et sa bouche était maculée de sang. Elle s'approcha de moi, je n'arrivais plus à déglutir et mon cœur martelait ma poitrine. L'effroi me submergea tandis que le visage de cette créature m'effleurait. Je réussis enfin à murmurer quelque chose et lui demandai grâce. Elle ouvrit la bouche et je découvris une langue saignante. Ses ongles me griffèrent la cuisse et je ne réussis pas à la repousser. Sa langue humidifia mes blessures et son sang se mélangea au mien : ce sang devint noir et la créature en face de moi se transforma en une sorte de fumée blanche.

Elle disparut et une folie épouvantable me prit. Je me griffai et tentai de m'arracher la peau. J'étais couvert de sang noir, mes dents se plantèrent dans mon bras et la douleur m'envahit. Je détachais d'un seul coup les phalanges d'une de mes mains et cherchai un moyen de me faire souffrir.

Ma raison m'abandonnait tandis que la folie prenait le dessus sur ma conscience. J'arrachais un morceau de rail au sol et un clou tomba à terre. Je le saisis et un bruit caressa mes oreilles *schlak!* Je m'étais crevé un oeil et mon orbite était à présent vide. Je me mordais les lèvres jusqu'à ce qu'elles se déchirent complètement. Je me frappai avec le rail et de nombreuses ecchymoses apparurent sur mes mollets. La douleur était comme une douce caresse et je ne pouvais plus m'arrêter. Mes coups devinrent incontrôlables et la barre de fer vint frapper mon genou : c*rac!* Mon mollet pendait à celui-ci comme une vulgaire chaussette. Une telle mutilation était à peine croyable. Je me torturais à l'instar d'un bourreau qui martyrisait un assassin. Vidé de mon sang, mon corps ne réagissait plus et stoppa ce supplice.

...

Ils surveillaient la sortie du train fantôme. Le wagon précédant leur fils apparut dans un claquement de portes, avec à son bord deux personnes, les cheveux ébouriffés, qui étaient terrorisées. Ses parents s'apprêtaient à le voir lorsque la porte de la sortie s'ouvrit, l'cmbarcation apparut. Etonnés puis inquiets de ne pas voir leur fils, ils s'approchèrent pour apercevoir la veste posée sur le siège. Il s'était volatilisé. Ils se précipitèrent vers le forain qui stoppa l'attraction.

Le père tira sa femme par la main et courut dans le corridor. Il fut intrigué par une petite porte entrouverte qui se fondait parfaitement dans la cloison.

...

Mes parents étaient là, devant moi. Ils me regardaient avec dégoût et peur : ils n'osaient pas s'approcher. Je m'étais transformé en un être démembré, saignant et maléfique. Ils se demandaient sûrement comment leur fils pouvait être encore en vie. Je vis ma mère s'effondrer mais je ne pus rien faire. J'étais possédé. Possédé par Satan…

Mon père restait silencieux, ses yeux plongés dans les miens. Il comprit.

Sa main plongea dans la poche de son jeans et il contacta le Père Vincenzo.

La porte s'ouvrit et un homme vêtu d'un long manteau blanc apparut. Il était assez vieux et tenait une grande croix dorée. Il s'approcha de moi et la leva en prononçant des paroles que je ne comprenais pas : « *Vade retro !* »

Une force surhumaine me poussa et je blessai cet homme. Sa voix se fit plus claire et ses paroles réussirent à me calmer.

J'avais envie de dégurgiter et du sang éclaboussa le sol. Une énergie me projeta au mur et ma tête heurta celui-ci. Le coup fut si brutal que ma nuque émit un craquement strident. Je le toisai de mes yeux noirs, ses paroles m'étourdissaient. Je tournai la tête à trois cent soixante degrés en faisant un bruit semblable à une vieille crémaillère et je sombrai de nouveau dans le néant.

…

Je me suis retrouvé attaché sur un lit. Une lumière puissante m'aveuglait. Le prêtre se tenait debout, près de moi. Il brandit sa croix et commença le rituel. Mon corps se leva et un hurlement retentit. Venait-il de moi ? Non, je ne pense pas.

Ma voix n'était plus la même, je ne maîtrisai plus mes gestes ni mes paroles. Je hurlai à m'en défaire la mâchoire.

Peu à peu, les formules du prêtre me calmèrent et ma peau redevint lisse, beige et sans aucune égratignure. Un miracle ! J'étais redevenu un adolescent. Il baissa sa croix et me sourit, je fis de même. Mon père passa sa tête dans l'entrebâillement de la porte. Je courus vers lui et l'embrassai. Cette histoire était enfin terminée…

…

J'avais déjà lu des livres à ce sujet. Le Vatican, avait reçu de nombreuses lettres sur ces faits tragiques. Les exorcistes sont rares et j'ai eu de la chance que mes parents en connaissent un. Comment l'ont-ils connu ? Véritablement une question qui dérange…

Mais ce soir-là, des murmures provenant de la chambre de mes parents s'élevèrent jusqu'à la mienne : je me levai de mon lit et allai poser mon oreille contre la porte : *ça recommence, il m'a libéré mais s'en prend maintenant à notre fils… Il n'y a qu'une seule solution…*

J'ouvris d'un seul coup la porte et ma mère me regarda, surprise que j'aie entendu leur conversation. Mon père ne bougea pas :

— Que fais-tu ? Demanda celui-ci.

— Laquelle ? Dis-je, faisant semblant de ne pas avoir entendu sa question.

— De ?

— Quelle seule et unique solution ? Criais-je.

— De quoi parles-tu, retourne te coucher ! M'ordonna-t-il.

— Non, dis-moi. Cela me concerne, pourquoi n'aurais-je pas le droit de savoir, de comprendre ? Me défendais-je.

— C'était quand j'avais ton âge… J'avais invité des amis à la maison, tes grands-parents n'étaient pas là. Nous étions sortis acheter une planche ouija… pour nous amuser. Nous étions assis autour d'une table, dans le salon. Nous avions attendu plusieurs minutes avant qu'un esprit ne se manifeste. La goutte avait dessiné des cercles, avait parfois pointé les coins de la planche... Personne ne savait à quoi correspondaient ces signes, jusqu'à ce que je demande moi-même le prénom de cette entité : Satan. Nous avions tout d'abord cru à une blague mais sentions dans l'air quelque chose de maléfique, de néfaste : c'était inexplicable ! Quelques jours plus tard, le démon commençait à m'envahir. Ta grand-mère fut contrainte de partir à Rome, trouver un exorciste qualifié et compétant : Père Vincenzo.

Durant des mois, j'ai suivi à la lettre les conseils de celui-ci. Je récitais continuellement des prières, jusqu'à ce que le Mal me quitte enfin... Je ne pensais pas qu'il pourrait un jour revenir, pour sans doute se venger...

J'étais terrorisé par les révélations faites par mon père. Comment avait-il pu me cacher cette histoire ? Je n'arrivais pas à le croire : un simple jeu tournant au cauchemar...

...

Ma mère m'avait forcé à entrer dans l'église. Le prêtre me fit allonger sur le sol, la tête vers la croix du Christ. Satan ne mit que quelques secondes pour se manifester. Ce n'était plus moi. Ma mère sortit de la pièce sans me jeter un regard.

Père Vincenzo me fixait droit dans les yeux tandis qu'il récitait les prières du Grand Exorcisme. Je me contorsionnais, mon corps était couvert de sang et des clous sortaient de ma gorge. Je ne m'arrêtais plus. Ma voix rauque retentit et insulta le prêtre. Il sortit un revolver et tira. La balle entra dans ma boîte crânienne et je tombai. C'était fini. Bel et bien fini...

Mais non, je me relevais, toujours plus fort et il tira, neuf fois je crois. Le chiffre de Dante, évocateur célèbre de l'Enfer. Alors, le Démon se sentant menacé, me laissa et mon sang ne fit qu'un tour : le dernier.

...

Le corps de l'adolescent était posé sur la table. L'autopsie pouvait commencer en présence du prêtre, qui tenait à comprendre ce cas de possession. Le médecin légiste se saisit du cutter, il entailla la peau assez profondément en partant de l'épaule droite jusqu'au nombril, puis de l'épaule gauche au nombril.

Cela ressemblait à un grand "V". Il souleva avec facilité cette peau et tira de sorte à ce qu'elle, une fois retournée, recouvre la tête du jeune homme. On voyait à présent sa cage thoracique, son sang qui avait séché, son estomac... Et une sorte de poudre noire renfermée dans un boyau qui attira l'attention du médecin. Il creva celui-ci et récolta la poudre dans un petit bocal translucide. Il referma le corps et sutura la peau. Cette découverte inédite allait jouer un rôle capital dans la cause de la possession car la cause de la mort, elle, était déjà trouvée et sûre : dix balles au total...

...

Le thanatopracteur lavait le défunt, tout le corps, de haut en bas. Les yeux sont clos par des lentilles placées sous les paupières, la bouche est fermée grâce à un point de suture. Tous les orifices sont obstrués par du coton, il est habillé, coiffé puis maquillé. Son cercueil est blanc, les poignées sont dorées et une grande croix orne celui-ci. On y a déposé un carton, un drap et un coussin.

L'enterrement est religieux, le cercueil est béni et déposé dans sa tombe. Des roses sont jetées. La tombe est fermée.

…

Ses muscles ont ramolli, son cœur est tombé. Sa peau est blanche, violette à quelques endroits.

Une tâche verdâtre sur son abdomen annonce le début de la putréfaction. Les bactéries de ses poumons et de son appareil digestif forment des gaz qui ne peuvent être évacués : son abdomen gonfle, on voit sa langue surgir et ses yeux sont sortis de leurs orbites. Une odeur infecte inonde les parois de cette petite prison où le couvercle est vissé pour l'éternité. Ses tissus et ses organes se sont liquéfiés…

Son squelette est dévoilé et les protéines contenues dans ses os se sont décomposées et sont devenues poussière.

La partie est terminée…

Au mauvais endroit, au mauvais moment

« Entre le mot et le mort, juste un "r" de différence,
celui qu'il me faut pour respirer. »

Thierry Beinstingel

La pluie avait fait place au soleil. J'observais ce changement à travers le pare-brise. La route sinueuse se prolongeait tandis que j'accélérais. Les arbres défilaient mais je n'avais pas l'impression d'avancer. Plus que quelques kilomètres et je pourrais enfin me reposer. Soudain, une ombre passa devant moi mais je n'eus pas le temps de freiner. Le choc me fit perdre le contrôle du véhicule et la voiture se rangea sur le bas-côté droit. Mon cœur tambourinait dans ma poitrine. Je respirais avec beaucoup de mal et l'angoisse montait. J'ouvris la portière puis baissai la tête : un filet de sang me conduisit au cadavre d'une femme. Sur le dos, les yeux révulsés, elle semblait sourire. Les jambes tremblantes, je fis le tour du corps et m'aperçus qu'un sac à main gisait à quelques mètres de là. Je m'en approchais tout en surveillant les environs. Cette petite route de campagne n'était empruntée que rarement et était entourée par la forêt. Je m'accroupissais et saisis le sac. Aucun papier d'identité, juste un tube de rouge à lèvres, vingt euros, un briquet et un appareil photo numérique. La peur au ventre, je m'emparais du sac et courus le mettre à l'abri sous le siège passager de la voiture. Je ne pouvais pas réfléchir, il fallait que j'agisse vite. Sous l'impulsivité mais surtout avec l'angoisse, je pris la main de la victime et la traînais dans le bois. Lorsque je fus assez proche du ravin au fond de la forêt, les jambes tremblantes de peur et d'incertitude, je donnais un violent coup de pied dans le corps, celui-ci pivota et alla s'écraser plus bas. Sans me retourner, je courus jusqu'à ma voiture et démarrai en trombe, le regard perdu dans les rétroviseurs.

…

Bientôt six mois que je n'avais pas touché à ses affaires. Dans la cave, sous une latte du plancher, je ressortis les objets de cette femme qui maintenant faisait partie entière de mes rêves ou plutôt de mes cauchemars. L'affaire avait été étouffée : promenade en forêt conduisant au suicide.

Le rouge à lèvres, le briquet et l'appareil photo déchargé étaient intacts. Les vingt euros m'ont permis d'acheter un bouquet de fleurs que j'ai déposé sur la tombe de la victime. J'ai appris son nom : Karla Ounaim, vingt-neuf ans, orpheline et paranoïaque internée à l'hôpital Sainte-Anne spécialisé en psychiatrie.

Elle était guérie, sortie le jour même de l'accident, des projets plein la tête.

Je tenais l'appareil photo dans les mains. Mes yeux fixés sur l'objectif exprimaient une grande hésitation. Ce que j'allais découvrir allait peut-être bouleverser ma vie, son visage apparut devant moi et la culpabilité m'envahit. Pourtant, décidée à ne pas rester ignorante, je décidais de le brancher à mon ordinateur afin de visionner les photos.

Le téléphone sonna à cet instant et je décrochai. L'oreille sur le combiné, j'appelai de vive voix : « Allô ? ».

Personne à l'appareil. Je reposai le téléphone croyant à une erreur ou encore une blague d'enfants mais la sonnerie retentit encore une fois : « Allô ?, Allô ? Si c'est une blague, elle est de très mauvais goût. Cessez de m'appeler ! ».

Je pense que mon autorité a joué son rôle car il n'y a plus eu d'appels.

Assise devant mon ordinateur, je téléchargeais le fichier de l'appareil photo, la première image s'afficha. Sur celle-ci, on y voyait une jeune femme souriante, à moitié cachée derrière un arbre. Le photographe devait être novice car son pouce apparaissait et cachait toute la partie droite. La deuxième photo montrait une demeure aux airs de manoir, Karla posait devant celle-ci, en haut des marches d'escalier menant à la porte d'entrée. Le ciel était gris, les arbres sombres et sans le pouce dissimulant une partie de l'habitation, je me serais crue spectatrice d'un film d'horreur. Je fis défiler les photos sur mon écran : toujours ce pouce qui camouflait les détails du paysage.

Je plongeai mes yeux dans les siens que le flash avait rendu rouges. Soudain, une sensation de vertige me saisit. Je crus voir des points rouges voler puis l'effet s'estompa. Me rappeler ces événements avait dû me bouleverser inconsciemment. J'éteignais mon ordinateur puis partis me reposer sans oublier de remettre en place les affaires de Karla dans la cave.

…

La nuit avait été agitée pour elle, pourtant l'endormissement avait été rapide.

La couette et le drap poussés et des gouttes de sueur perlant sur son front, elle se retournait toutes les minutes cherchant une position plus confortable ou peut-être cherchant à vaincre ses terreurs nocturnes. Les paupières fermées, le corps allongé, elle ne vit pas les yeux qui la fixaient dans la pénombre.

…

Le lendemain, je me rendais au travail, à l'institut de beauté que tenait mon amie Aurelia. Celle-ci m'accueillit comme d'habitude, c'est-à-dire en nettoyant tous les miroirs. Je m'installai rapidement en prenant soin de récupérer tous mes pinceaux et palettes de maquillage. À l'heure de l'ouverture, les premières clientes arrivèrent et je commençai à maquiller une habituée. Aurelia m'interpella discrètement :

— Je viens de m'apercevoir qu'il ne reste plus de rouge à lèvres pourtant j'ai fait l'inventaire hier et il ne manquait rien. Nous devons en informer les clientes.

— Bien sûr, je ferai un écriteau. Il ne manque que du rouge ?

Elle hocha la tête quand une femme entra dans le salon : nous devions la maquiller pour son mariage qui a lieu dans quelques heures. Je me rappelai du thème annoncé au téléphone : rouge !

Je m'éclipsais dans l'arrière-boutique pour tenter de trouver le produit manquant mais je ne pouvais pas m'attarder trop longtemps, il fallait que je termine ma cliente. Je fouillai mon sac à la recherche de mon portable, espérant ainsi appeler le fournisseur pour qu'il nous en apporte dans la journée.

Ma main toucha quelque chose d'inconnu, je la retirai et vis le rouge à lèvres de Karla. Comment était-il arrivé dans mon sac, je l'avais remis sous la latte du plancher de la cave ?

Peu importait, je décidai de confier celui-ci à ma collègue :

— Tiens, c'est mon rouge à lèvres, je l'ai acheté hier, je sais que nous ne pouvons pas utili…

— Merci, de toute façon, nous n'avons pas le choix sinon nous allons perdre des clientes !

Elle me l'arracha des mains puis retourna à ses occupations, je fis de même.

…

La journée terminée, de retour chez moi, je déposai mes affaires dans le couloir et me rendais dans la salle d'eau.

L'eau ruisselant sur mon corps, je me détendais enfin. Le fournisseur avait été injoignable de la matinée mais en début de soirée, j'avais réussi à lui commander une palette entière du produit. Fermant les yeux pour mieux apprécier ce moment de répit, je sentis soudainement l'eau devenant brûlante. Je poussais un cri en repoussant le pommeau de douche. Les yeux fixés sur la fumée qui s'en échappait, je tournais le robinet en sens inverse. J'avais manqué de me brûler de peu.

Je sortis et récupérai ma serviette. J'essuyais la buée sur le miroir en face de moi quand je me rendis compte qu'un objet était posé sur le lavabo : le rouge à lèvres.

Je sentis un frisson me parcourir le dos. Je m'empressai d'enfiler mes vêtements avant de sortir de la maison et d'abandonner l'accessoire dans la benne à ordures en bas de la rue. Mon cœur palpitant, je rebroussais chemin la peur au ventre. J'étais pourtant persuadée de l'avoir laissé au salon !

Je tentai de me calmer puis terminai les restes du repas de la veille. Je montai me coucher, l'incompréhension la plus totale naviguant dans mon esprit.

...

Après avoir fermé les yeux, un cauchemar angoissant débuta.

Je me retrouvais dans ma chambre, rangeant mes vêtements dans l'armoire.

J'ai oublié des affaires dans le salon.

Lorsque je remonte et que je pénètre dans la chambre, le lit a changé de place, ainsi que l'armoire, l'étagère et les cadres. Comme si les murs s'étaient inversés. Pétrifiée, j'observais cette scène, je lâchai la pile de vêtements qui tomba à terre. Je me retournais et sortis de la pièce en courant, je manquais de tomber dans les escaliers. Je saisis mon portable et contactai Aurelia. Elle se présenta à l'entrée immédiatement et je lui expliquais tout en détail, la voix rauque et tremblante.

Nous montâmes dans la chambre et lorsque j'arrivais sur le palier, je constatais que tous les meubles n'avaient pas bougé, comme s'il ne s'était rien passé. Mon amie me rassura : Tu es fatiguée, tu devrais te reposer un peu.

Je la raccompagnai en m'excusant. Elle avait raison, j'étais tellement angoissée ces derniers temps que je devenais paranoïaque.

Je remontais me coucher, je clignais plusieurs fois des yeux : mon lit était de l'autre côté de la pièce et les cadres étaient à terre.

Je me réveillais en sursaut. La respiration haletante, le visage blême. Mes cauchemars ne pouvaient pas continuer. Depuis l'accident, ma raison avait flanché.

Les hallucinations devenaient trop importantes…

…

La grandeur du bâtiment m'avait tout d'abord beaucoup impressionnée. Les feuilles des arbres dansaient dans le vent malgré l'épais brouillard. Un portail barrait l'accès de l'hôpital, je pressais le bouton de l'interphone : Bonjour, vous êtes bien à l'hôpital Sainte-Anne, je vous écoute !

La voix se voulait rassurante mais l'endroit n'inspirait pas confiance : « Je viens rendre visite à une amie ». Le portail s'ouvrit et je découvris une longue allée bordée de pins.

Une caméra de surveillance me détecta et me laissa entrée dans l'enceinte.

Je trouvais un homme à l'accueil :

— Je viens rendre visite à Karla Ounaim.

Il me répondit qu'elle était décédée il y a maintenant plus de sept mois. Je fis mine d'avoir l'air surpris puis peiné. Il s'empressa d'ajouter :

— Elle sortait tout juste de l'hôpital, tous les médecins l'avaient jugé guérie. Elle n'avait pas refait de crise, ne disait plus entendre des voix ou même voir des flashes de son petit-ami décédé.

— Je me souviens de lui, comment s'appelait-il déjà ? Mentis-je

— Bastien de Sanne, un riche entrepreneur décédé.

— Mais au fait, quelles étaient les raisons de son internement ? Osais-je

— Madame Ounaim a été internée une semaine après la mort de son compagnon, le jour où des policiers l'ont retrouvée sur la voie publique en train de hurler et de parler à un lampadaire. Maintenant, excusez-moi, j'ai du travail.

Surprise, je le remerciais puis m'en allais. Même si j'avais maintenant beaucoup d'informations sur elle, le fait de ne pas connaître son histoire me frustrait. Un profond mal-être s'était installé ce fameux jour de l'accident, je voulais retracer son histoire, comprendre sa personnalité et sa vie mais surtout répondre à la question qui hante mes journées : pourquoi traversait-elle en courant, il y a quelques mois, cette route en pleine forêt ?

Je ne veux pas croire que nous étions toutes les deux là au mauvais endroit et au mauvais moment.

...

Je me dirigeais vers la mairie, le drapeau tricolore flottait. J'entrai dans le bâtiment et m'approchais de l'accueil. Une femme me regarda :

— Vous avez pris rendez-vous ?

— Non, je cherche quelques informations sur une personne...

— Je ne peux rien faire pour vous, à moins que vous soyez journaliste ?

— Non, je suis autrice et je retrace la vie de Karla Ounaim. Tentais-je

— Que voulez-vous ? Me répondit-elle sèchement.

— J'aimerais savoir où elle habitait.

— Attendez-moi là une minute, je vais chercher le dossier.

Déconcertée par la facilité d'obtenir les informations souhaitées, je continuais néanmoins à me méfier de cette femme froide au ton antipathique. Je patientais donc sagement jusqu'à son retour :

— Soyez heureuse de la fleur que je vous fais. Je n'ai normalement pas le droit de divulguer ces informations mais je comprends qu'en tant qu'autrice, il soit très difficile de rendre hommage à une personne dont on ne connaît que le nom.

Cependant, je ne vois aucune habitation à son nom.

— Et Bastien de Sanne ?

— Oui, ce nom me dit quelque chose. J'ai entendu dire qu'il vivait dans une demeure proche de Paris. Mmm... Je crois qu'à présent elle est inoccupée. Dit-elle pensivement.

Je partais en la remerciant, mes oreilles n'en pouvaient plus de sa voix de crécelle : sa façon de parler transpirait la joie de vivre !

J'étais à présent bien avancée mais je ne savais rien de ce Bastien de Sanne et encore moins de cette mystérieuse demeure que personne ne voulait approcher.

Les recherches avaient rempli ma journée, je pris la route du retour.

…

Endormie sur le côté, la tête sur l'oreiller, elle semblait rêver paisiblement. La respiration lente, une mèche de cheveux sur sa joue, elle ne voyait pas l'ombre qui s'était rapprochée d'elle et qui la contemplait de son regard haineux.

…

La tombe de Bastien ne se trouvait pas dans le même cimetière que celui de Karla. J'ai eu le pressentiment que je devais passer ici avant de retrouver Aurelia au salon. Le marbre gris était recouvert de terre, le nom gravé presque effacé : Bastien de Sanne 1986 – 2014.

Je comprenais donc que son internement avait eu lieu il y a 4 ans, juste après la mort de Bastien. Cela avait peut-être un lien.

Je jetai un dernier regard à son nom avant d'arriver au salon où mon amie m'attendait tout en terminant d'essuyer un miroir avec un chiffon :

— Tu arrives au bon moment, avant l'ouverture, j'aimerais que tu resserres la vis du dernier fauteuil : il n'arrête pas de tourner.

Je récupérai la caisse à outils et m'y attelais. Un bruit strident retentit à l'extérieur, je mis un certain temps avant de me rendre compte qu'il s'agissait d'une alarme de voiture. Inquiète, je sortis et vis que les feux de ma Jeep clignotaient. J'appuyais aussitôt sur la clef et le bruit cessa. Aurelia vint à son tour et me conseilla de vérifier toutes les portières s'il n'y avait pas de trace d'ouverture. Ma voiture était intacte, sûrement un faux contact. Pour un début de semaine, j'ai réussi à me faire remarquer en à peine une demi-heure ! Des clientes arrivaient et je commençais à travailler.

...

À la pause de midi, je me sentis inhabituellement exténuée. Je m'installais dans l'arrière-boutique en prévenant Aurelia. Rapidement, je m'assoupis sur une chaise sans m'en rendre compte. C'est alors qu'un nouveau cauchemar vint hanter mon repos :

J'ouvrais la porte d'entrée et rentrai, la nuit était tombée et j'allumais les lumières.

Je déposais mes affaires dans le couloir puis montais prendre ma douche. Je me relaxais, je me sentais tellement bien que je fermais les yeux pendant de longues minutes, sous l'eau, en retenant ma respiration. Tout à coup, l'eau devint visqueuse et se réchauffa, j'ouvris les yeux : du sang sortait du pommeau de douche, des litres et des litres de sang frais. Je hurlais à pleins poumons en tentant de fermer le robinet sans y parvenir, alors, je sortis précipitamment de la douche, enroulais la serviette autour de mon corps et essayai d'ouvrir la porte de la pièce qui restait fermée. Une odeur aigre envahit mes narines et tandis que je me retournai, dos à la porte, des flammes jaillirent des murs et je me retrouvais prise au piège. J'étouffais, je n'avais plus de force pour ouvrir cette porte verrouillée de l'extérieur. Je toussais, respirai péniblement. Le feu se rapprochait dangereusement, la chaleur brûlait ma peau nue et le sang de la douche se déversait sur le carrelage : je glissai. À terre, la tête dans les genoux, je tentai d'inspirer mais chaque bouffée d'air brûlait ma gorge. Alors que je perdais peu à peu conscience, je crus apercevoir une silhouette, me fixant de ses yeux rouges, dans la douche.

— Réveille-toi, réveille-toi !

Je me sentis secouée et mes paupières s'ouvrirent. Aurelia se tenait devant moi, les larmes aux yeux :

— Ça va ? Tu arrives à respirer ?

Je la fixais, effarée :

— Oui merci, je me reposais juste, un petit coup de fatigue... la rassurais-je

— Un petit coup de fatigue ? Tu as failli t'étouffer ! Tu criais en toussant ! Hurla-t-elle

— Je ne me souviens de rien. Murmurais-je

Je me relevais et posai ma main sur son épaule. Je voulais la rassurer mais je ne comprenais rien à son discours. Je parlais peut-être en dormant...

...

Dans l'après-midi, après avoir maquillé les dernières clientes, je me rendis une dernière fois à la mairie pour essayer d'obtenir davantage de renseignements sur la demeure de Bastien de Sanne. Je poussais la porte et découvris que la même femme se tenait à l'accueil : si je m'adresse de nouveau à elle, je pense qu'elle aura quelques doutes sur ma véritable identité.

Je patientai donc de l'autre côté, de sorte qu'elle ne m'aperçoive pas. Les minutes passaient et la file se réduisait progressivement.

Ce fut mon tour, je saluais la jeune femme qui se tenait en face de moi :

— Je souhaiterais acheter une maison à la périphérie de la ville et j'ai entendu parler d'une grande demeure qui aurait appartenue à un entrepreneur mais j'ignore l'adresse de ce bien...

— Attendez je vais demander à ma collègue, elle sera plus à même de s'occuper de vous.

Son dernier mot prononcé, mon cœur se serra. Je cherchais immédiatement mes lunettes de soleil dans mon sac et par chance, mon foulard y était également. Le ridicule ne tuant pas, je mis les lunettes sur mon nez et m'enveloppais le visage du foulard en détachant mes cheveux. J'eus juste le temps de mettre ma pince à cheveux dans mon sac que la femme aigrie arrivait :

— Bonjour madame, la demeure dont vous parlez est inoccupée et à l'abandon depuis plusieurs années.

Toujours aussi aimable avec sa voix rocailleuse, elle me fixait attentivement, je fis mine d'être surprise et enchainais avec un accent anglais trop prononcé :

— Oh, je comprends mais... comment dire ? J'aimerais la voir pour savoir si je pourrais éventuellement la visiter...

Ses yeux de hibou s'agrandirent et alors qu'elle s'apprêtait à répondre, j'ajoutais :

— Où se trouve-t-elle, s'il-vous-plaît ?

— Je ne sais pas exactement... mais elle doit être ici. Marmonna-t-elle.

Elle me montrait du doigt un endroit sur une carte de Paris et de ses environs. Elle me tendit la carte :

— Tenez ! Au revoir.

Je la remerciais puis repartis précipitamment. Grâce à mes talents d'actrice, j'avais réussi à lui tirer les vers du nez. Je pliais la carte et changeais de lunettes : les nuages assombrissaient le ciel.

...

Mon repas avalé, je montais dans ma chambre. La tête posée sur l'oreiller, mes yeux commencèrent à se fermer et je tombais peu à peu dans les bras de Morphée.

Mais tandis que je m'abandonnais dans le sommeil, j'aperçus deux yeux rouges me fixant dans l'obscurité. La peur au ventre, je fermais les yeux et tentais de me rassurer. J'ouvris courageusement un œil puis l'autre : ils avaient disparu. Je les refermais, ce n'était qu'une illusion. Mais, la sensation que quelque chose m'épiait m'envahit et j'ouvris les yeux assez vivement pour avoir le temps de voir à nouveau les points rouges et discerner un col de ce que devait être une cape. Ce petit manège dura quelques minutes avant que je vienne à cette conclusion : tant que je fermerais les yeux, on m'observera et si je les ouvre, on disparaîtra aussitôt.

Je n'osais plus faire le moindre mouvement de peur de toucher quelque chose. L'angoisse monta en moi, je ne savais plus quoi faire.

Il me fallut beaucoup de courage pour quitter la pièce, en prenant soin de verrouiller la porte, pour descendre les escaliers et me rendre à la cuisine. La sonnerie du téléphone me surprit, je décrochai : toujours personne à l'appareil. Mon cœur s'accéléra ainsi que ma respiration. Je transpirais de peur.

J'enfilais des vêtements et au bord de la folie je démarrais la voiture.

Les arbres défilaient devant mes yeux jusqu'à ce que l'ombre d'un bâtiment surgisse devant moi.

...

Je comparais la demeure de la photo de mon téléphone à celle qui se trouvait à quelques mètres face à moi.

J'avançais dans la nuit glaciale, il n'y avait pas de vent, tout était calme. Je marchais à la lumière de la Lune. Je poussais la porte : elle s'ouvrit facilement, ce qui m'angoissa davantage. Un grand séjour s'offrait à moi. Je fus subjuguée par la beauté du lieu. Un bruit se fit entendre, je tournai la tête : un escalier descendait jusqu'au sous-sol, je m'y aventurais, timorée.

Une touffeur s'installa au fil des marches qui aboutirent à un long couloir. Ma main suivant le mur, je touchais ce qui devait être un boîtier. Je l'éclairais avec mon téléphone qui n'avait presque plus de batterie. J'ouvris le boîtier d'électricité et tentai de le remettre en marche. Après avoir enclenché quelques boutons, j'appuyais sur l'interrupteur et les lumières éclairèrent tout le couloir. Je me suis d'abord crue dans une ancienne prison : tout le long, il y avait de petites pièces grillagées. Puis, à l'extrémité de celui-ci, je découvris une grande porte où le bois pourri grouillait de champignons, une odeur nauséabonde s'en échappa. Par chance, la poignée était encore en bon état. De toutes mes forces, j'essayais de l'ouvrir. Elle céda.

Je poursuivais mon chemin en actionnant un interrupteur, la porte se referma derrière moi.

Lorsque mes yeux virent l'épouvantable scène et que mon cerveau comprit, mes membres ne répondaient plus.

Terrifiée, aucun son ne sortait de ma bouche. Une vision d'horreur me traversa l'esprit.

Une baignoire remplie de sang occupait l'espace.

Des dizaines de chats éventrés gisaient au sol et des squelettes d'animaux étaient enchevêtrés dans un coin de la pièce, le sol était noir de sang.

Je m'approchais les larmes aux yeux, je ne parvenais plus à contrôler mon corps. J'enjambais un cadavre. Je vis alors dans la baignoire l'arrière d'un crâne, un bras posé sur le rebord me faisait face. Sa couleur bleue m'horrifia et les veines ouvertes me laissaient deviner ce que cette femme avait subi. Ses doigts aussi fins qu'un fil tenaient le tube de rouge à lèvres.

Mon estomac réagit aussitôt et le repas de la veille se retrouva à mes pieds.

Une sonnerie retentit. Elle ne provenait pas de mon téléphone : il s'était éteint, complètement déchargé. Je levais la tête.

Je fis marche arrière en courant, des images dansant dans mon esprit.

...

Elle avait réagi de la même manière, pourtant, sa curiosité était plus forte.

Il y a des choses de ce monde qu'on ne peut pas expliquer et qu'on ne pourra jamais expliquer. Une créature sortant des ténèbres les plus sombres, prenant l'apparence d'humain, se délectant d'une souffrance causée.

Karla s'était enfuie en voyant la scène et en comprenant que sa vie était en danger. Elle avait vécu au plus proche du démon, elle l'avait aimé.

Sa découverte l'avait donc menée à la mort.

...

Je suivis le bruit de la sonnerie, j'arrivais au premier étage, là où personne n'avait pu se rendre jusqu'à maintenant.

J'ouvris la première porte, une chambre apparut.

L'atmosphère était pesante, mes yeux décelaient à peine les contours du lit. La porte se referma derrière moi pour me plonger dans l'obscurité la plus totale. J'entendis un goutte-à-goutte comme celui d'un robinet et les chaises grinçaient dans le séjour juste en dessous de moi. Ma respiration saccadée m'empêchait de percevoir le moindre bruit dans la chambre. Mon portable vibra dans ma poche, une fois. La main tremblante, je le saisis : il était toujours éteint. Me sentant observée, je le posais sur la petite étagère, en face de la fenêtre, que j'avais effleurée du doigt lorsque j'étais entrée dans cette pièce. La sensation de ne pas être seule ne faisait que s'accroître.

Je me trouvais à présent au milieu de la pièce quand une mélodie s'éleva, comme un chant d'église. Je pivotais la tête pour apercevoir ces yeux rouges qui me fixaient. Ils disparurent aussitôt mais je compris qu'ils étaient maintenant derrière moi, immobiles. Mon regard se posa sur la fenêtre dont les volets s'étaient ouverts lentement et un faible rayon lunaire pénétra dans la chambre. Je n'y prêtais plus attention.

Une vague de bien-être m'envahit tandis que je marchais droit devant moi en regardant cette Lune.

Mes mains déverrouillèrent la fenêtre et je pus respirer l'air frais de la nuit.

J'empoignais la chaise qui traînait près du bureau pour la placer sous la fenêtre. Je voulais voir la Lune de plus près. Cette étrange lueur me parvenait du bout du monde. Debout sur la chaise, je passais une à une mes jambes tout en fixant cet astre. Assise sur le rebord, je sentis une ombre passer derrière moi. Son odeur fétide m'emplissait les narines, sa chaleur me brûlait le cou. Je ne pouvais la regarder, trop absorbée par le ciel, par ce monde lointain.

Soudain, une main glacée se posa sur mon épaule et me poussa dans le vide. En une fraction de seconde, je sortis de ma torpeur, hurlais à pleins poumons avant de m'écraser au sol.

La silhouette admirait son travail du haut de l'étage puis disparut dans la nuit tandis que je restais au sol, la nuque brisée, les côtes enfoncées, la boîte crânienne fracturée et des morceaux de cervelles baignant dans une marre de sang.

La dernière chose que je crus voir, c'était le visage de Bastien près de moi, le sourire aux lèvres.

Mes yeux se révulsèrent. Le briquet dans la poche de ma veste explosa et le feu enflamma mon corps.

Le destin avait décidé mon parcours, je ne devais pas en savoir plus.

La vie est un jeu… et nous en sommes les pions.

L’âme du pont

À la mémoire des suicidés des Buttes-Chaumont...

Mon téléphone portable à la main, je descendis la rue du 19ème arrondissement de Paris. Je venais de recevoir une notification : mes amis m'avaient mise au défi et je comptais bien leur dévoiler mes talents. J'allumais la caméra de mon smartphone et commençai à me filmer :

Salut tout le monde ! Suite au défi que vous m'avez lancé je vous envoie cette petite vidéo. Il est 23h53 et il ne reste plus que quelques minutes avant l'accomplissement de mon chef-d'oeuvre. Tenez-vous prêts !

J'avançais dans l'obscurité, mon sac à dos sautant sur mes épaules.

L'édifice se dressa enfin, immense. Je le contournais et parvins à rejoindre sa plate-forme. Des fleurs avaient été déposées sur le sol, je m'accroupis, ouvris mon sac en tenant toujours la caméra entre mes doigts. Je saisis alors une bombe de peinture fluorescente et commençai mon œuvre. Quand j'eus terminé, je signais d'un M puis m'adressai à mon smartphone :

Et voilà ! Qui fait mieux ?

Un arc-en-ciel tâchait les pierres intérieures du pont. Je rangeais le matériel à genoux et fermais mon sac, satisfaite du résultat.

Je ne vis pas la silhouette qui se dressait derrière moi.

…

Juin 1877

Elisabeth, une femme aisée et à la beauté parfaite, était un modèle pour toutes les jeunes filles de la ville. Elle se plaisait à déambuler dans les ruelles animées le jour, et sombres la nuit.

Son mari travaillait dur pour entretenir leur manoir qui surplombait un grand jardin où les pivoines et les hortensias occupaient une grande parcelle de celui-ci.

Leur unique enfant avait à peine cinq mois et faisait déjà tout le bonheur des époux.

Laure, la sœur d'Elisabeth qui revenait de son voyage en Angleterre, rendit visite au couple. Quand elle aperçut l'enfant, ses yeux brillèrent et un grand sourire se dessina sur ses lèvres. Une tristesse mesurée s'empara d'elle, son malheur étant de ne pas pouvoir enfanter. Le bébé posé sur ses genoux, d'effroyables pensées vinrent danser dans son esprit.

Elle se résigna à partir mais réapparut deux jours plus tard en fin de soirée.

Seule à seule, les deux femmes admiraient l'enfant. Celui-ci dormait paisiblement dans un landau blanc, recouvert d'un drap de soie. La mère se leva et alla chercher un vieil appareil photo pour immortaliser l'instant. Dès qu'elle quitta la pièce, Laure s'empressa de saisir le bébé et s'enfuit. Elle courut à en perdre haleine. Un regard jeté derrière elle lui fit comprendre que sa sœur tentait de la rattraper. Un point de côté la faisait souffrir et elle dut s'arrêter, sur le pont, serrant l'enfant dans ses bras. Elisabeth la rejoignit :

— Je t'en prie, rends-le-moi. Tu ne sais plus ce que tu fais...

Les yeux de Laure fixaient sa sœur :

— Viens le chercher, si tu parviens à me le prendre des bras, alors il sera à toi...

Elisabeth se jeta violemment sur elle, son cœur remplit de rage. Il s'en suivit une lutte acharnée entre les deux femmes. L'enfant hurlait. Tout à coup, Laure se trouvant proche du bord, Elisabeth lui asséna un violent coup et ses bras lâchèrent son filleul qui termina sa chute dans le lac. Elisabeth hurla de terreur et se pencha : elle ne distingua rien, sauf le calme de la nuit et le doux bruit de l'eau. Elle se tourna et empoigna les cheveux de sa sœur. Sans un mot, elle la traîna sur plusieurs dizaines de mètres avant d'atteindre le manoir où elle frappa sur la porte d'un grand coup. Son mari, qui venait juste de rentrer, la regarda, hagard :

— Que se passe-t-il ?

Elle lui raconta l'horrible calamité qui s'était abattue sur elle et la réaction de son mari ne se fit point attendre. Il poussa sa belle-soeur dans la cave où un atroce sévice l'attendait. Elle fut enchaînée à l'intérieur d'une niche, contre le mur. En se débattant, ses liens lui scarifiaient les poignets et du sang gouttait le long de ses doigts. Elisabeth plaça les briques une par une, celles-ci devant servir à la construction d'un muret dans le jardin. Les supplications de la jeune femme commencèrent à horripiler l'époux. Pour en venir à bout, celui-ci saisit une tenaille et lui fit face. L'outil arracha ses dents et un long cri s'ensuivit, le sang giclant sur son visagc.

Les plaintes de Laure devenaient de moins en moins audibles et le mur fut bâti.

Le cœur meurtri, le couple se rendit sur le lieu de l'accident. Des larmes inondaient le visage d'Elisabeth qui ne pouvait se résoudre à la mort de son enfant. Elle fixa longuement son mari, penché sur le rebord du pont.

La folie gagnait peu à peu ses pensées. Elle passa derrière celui-ci et le poussa d'un geste brusque. Déstabilisé, son buste se renversa mais sa main parvint à s'accrocher sur le rebord :

— Accepte de vivre ce qu'a vécu ton fils et pars le retrouver. J'attendrai ici ton retour avec lui ! Lui cria-t-elle.

Ses doigts pincèrent la main de son mari qui lutta pour ne pas tomber, ils serraient de plus en plus fort et il céda.

Sa boîte crânienne se fissura immédiatement au contact d'une roche.

Elle attendit des jours entiers, toisant l'horizon à la recherche de son fils. Son visage amaigrit trahissait les souffrances qu'elle s'infligeait. Debout, au centre du pont, elle aperçut alors un petit garçon au loin. Elle s'approcha, il se trouvait à présent dans une étroite ruelle. Elle l'interpella :

— Bonjour ! Que fais-tu ici, seul ?

Il ne répondit pas, apeuré par cette femme à l'allure négligée.

En une fraction de seconde, elle attrapa l'enfant et le porta jusqu'au pont. Il se débattit en hurlant mais elle le maintenait fermement. Elisabeth le précipita dans le lac en lui criant de lui ramener son fils rapidement. Puis, prenant conscience de son acte, elle pleura, désolée de ce qu'elle lui avait fait subir.

Elle attendit encore quelques jours, mais toujours aucune trace du petit être. Alors, elle se mit à chasser, traquer des proies humaines qui pourraient le lui rendre. Chaque jour, assoiffée de colère, elle assassina des mères de famille qui se promenaient dans les ruelles de la ville, près du pont. Peu lui importait les vies engagées, elle voulait que son fils réapparaisse devant elle afin de reprendre le cours d'une paisible vie.

Son chagrin s'amplifiait de jour en jour et ses forces l'abandonnèrent un soir, elle s'effondra sur le pont.

Et c'est à cet endroit même que des pierres furent tachées de noir.

...

En rentrant chez moi, j'aperçus une ombre passer devant moi, l'air menaçant. Les jambes tremblantes, je m'arrêtai et scrutai les alentours. Une femme se tenait à quelques mètres de moi.

Je m'adossais au mur espérant qu'elle ne m'avait pas vue, des bruits de pas se firent entendre. Ma respiration s'accélérait mais je tentais en vain de me calmer. Les pas cessèrent un instant puis reprirent dans ma direction : elle savait où j'étais.

Quand elle apparut en face de moi, les pupilles dilatées et les lèvres scarifiées, elle s'approcha de moi et tendit sa main pour m'empoigner la gorge. Totalement acculée, je suffoquai tandis que ses doigts osseux serraient de plus en plus. D'un ton suave, elle prononça quelques borborygmes, son regard trahissait toute la démence qu'elle avait en elle. Son autre bras se finissant par un moignon se leva et s'abaissa sur mon crâne, un craquement se fit entendre et je tombai à genoux devant l'être informe.

...

Lorsque je repris mes esprits, d'affreuses douleurs lancinantes me rappelèrent ma rencontre avec la créature. Mes yeux se levèrent et je vis l'eau du lac à plus de vingt-deux mètres en dessous de moi : j'avais la tête en bas. Je cherchais ce qui me maintenait au pont : une corde était attachée au bord de celui-ci grâce à un anneau de métal qui brillait dans la nuit, un nœud serrait ma cheville. Je tournais la tête dans tous les sens pour apercevoir la créature. Prise de panique, je tentai de me relever à la force de mes bras sans y parvenir. La Lune émettait une faible lumière et je ne parvins pas à distinguer la silhouette qui brandit un couteau en se penchant vers moi. Je lui criais de reculer mais le coup brusque de la lame sur la corde la fit céder et je tombai dans les profonds abîmes quand ma tête vint lourdement heurter une pierre : un cri déchira la nuit.

...

Emilie tenait sa poupée dans les bras, elle courait. Cette poupée, elle l'avait reçue ce matin même, pour ses sept ans. Ses parents lui avaient permis d'aller jouer à l'extérieur mais l'avaient mise en garde de ne pas trop s'éloigner.

Elle avait alors couru dans la rue, exprimant sa joie à travers son rire. Sa belle robe bleue dansait avec elle et le vent faisait voler ses longs cheveux blonds.

Le pont se dressa alors devant elle, majestueux, éclairé par le soleil. Elle vit une rose déposée sur celui-ci. Marchant d'un pas rapide, elle l'atteignit et se baissa pour la ramasser : elle ferait sûrement plaisir à sa maman. C'est alors que sa petite main toucha quelque chose de dur, de chaud. Sa tête pivota dans sa direction, elle comprit alors que l'objet était en fait un téléphone portable. Sous la chaleur du printemps, la batterie avait surchauffé. Il s'alluma pourtant. Le pouce d'Emilie balaya l'écran d'accueil et une vidéo se mit en route.

Une jeune femme taguait les pierres du pont dans la nuit. Elle n'eut cependant pas le temps d'en voir davantage. Quelqu'un la frappa par-derrière, elle lâcha sa poupée, la rose et le smartphone.

À terre, l'écran d'accueil s'alluma, laissant apparaître un message :

Marine, où es-tu ? Tu ne réponds plus à nos messages...

Sommaire

Toujours à mes côtés 5

Bourreau intemporel 39

Le jeu du Démon 67

Au mauvais endroit, au mauvais moment 77

L'âme du pont 95

Librinova
www.librinova.com

Imprimé en France
FRHW010427151021
28709FR00001B/6

9 791026 262626